韓國古典文學 100

2

金喜慶傳
田禹治傳

編者 ——————
文學博士 金 起 東
文學博士 全 圭 泰

瑞 文 堂

● 차　례

책머리에

우리 古典文學을 현대화하는 방법에는 여러 가지가 있을 것이다. 우선 그 어려운 古文을 現代 綴字法으로 옮겨 독자들이 쉽게 읽도록 하는 방법이 그 첫째의 단계라고 생각한다.

이와 같은 고전문학의 現代化作業은 우리 學界에 꾸준히 진행되어 왔으나 현재 그 절반도 미치지 못하고 있는 實情이다.

현존하는 300여 편이나 되는 방대한 고전소설만 하더라도 현재 시판되고 있는 〈韓國古典文學全集〉에서는 40여 편만이 현대화되어 있을 뿐이다.

이에 우리는 현존하는 모든 고전소설을 현대 철자법으로 개편하되 원문에 충실하여 學的 價値가 있도록 하였고, 漢文小説은 번역하여 수록했으며, 독자의 편의를 위하여 어려운 漢字語를 노출시켰을 뿐 아니라 어려운 漢文語나 人名·地名 등 故事에는 脚注를 달았다.

부디 이 〈韓國古典文學〉이 많이 읽혀져 현대인이 가질 수 없는 우리 先人들의 인생관을 되찾아서 새로운 민족문학의 전통을 수립하는 데 이바지할 수 있다면 다행으로 여기겠다.

1984. 1.

編者 識

金喜慶傳

〔해　설〕　金喜慶傳

——기구한 한 여인의 꿈같은 무용담

　이 작품은 남녀 주인공들의 연애담과 무용담을 곁들여 엮은 영웅소설의 유형을 띠고 있다. 표제가 각기 다른 5, 6종의 책들이 활자본 또는 필사본으로 전해 오는 것으로 보아 상당히 읽혀져 오는 것 같다.

　여주인공 장소저가 일찌기 모친을 잃고 부친마저 유배지를 떠나 의지할 곳 없어 고난을 겪으며 외숙을 찾았으나 외숙도 죽고 외숙모는 친정으로 갔다는 사실을 안다. 실망 끝에 자살하려다 천신만고 부친이 있는 곳을 찾았으나 부친도 세상을 떠났다는 놀라운 소식, 실신했다 깨어나 시신을 고향으로 모셔다 선영에 안장하고 삼년상을 마친 후 일루의 희망을 걸고 애인 김희경을 찾았으나 멀리 이사한 뒤였다. 절망끝에 강에 몸을 던지게 되는 기구한 운명. 하늘이 도운 기적으로 구출되어 남장을 하고 수학 끝에 무과에 급제하여 병부상서, 대원수가 되어 무공을 세우는 여주인공의 무공담이다.

　이 작품은 〈구운몽〉이나 〈홍백화전(紅白花傳)〉에서와 같이 남자가 여복을, 여자가 남복을 또는 여성끼리 약혼하는 것과 같은 모방적인 플로트도 있으나 우리 고전소설로는 비교적 작자의 독창성을 인정할 수 있는 작품이기도 하다.

金喜慶傳

화설, 宋나라 文帝 시절에 河南 碧桃村에 일위 명사가
있으되, 성은 金이요 명은 平이라. 世代 公侯之後裔
로 청년 등과하여 벼슬이 平章事에 이르러 명망이 조
야에 진동하더니, 法綱이 해이하고 政令이 문란하여 君
子黨은 물러가고 小人黨이 나오는고로 風塵宦路에 뜻이
없어 晨夜에 밭 갈기와 渭水에 낚시질하던 志趣를 效則
코자 하여 벼슬을 사양하고 고향에 돌아와 富農漁翁으로 세
월을 보내더니, 이때는 마침 춘삼월 호시절이라.

후원에 백화는 만발하여 가지가지 불긋불긋하여 濃濃
한 향기를 토하며, 前川의 楊柳는 依依하여 잎잎마다 푸
릇푸릇하여 연연한 草綠粧을 들여 춘색을 자랑하고, 花
間蝶舞는 紛紛雪이요, 柳上鶯飛는 片片金이라.

물색이 정히 여차하매 즐거운 사람이 보면 흥취 일층

도도하겠고, 슬픈 사람이 보면 悲懷 일층 증가할러라.

　일일은 평장이 첩첩한 愁懷를 풀고자 하여 부인 石氏로 더불어 望月樓에 임하여 월색을 완상하다가, 홀연 심기 더욱 상하는지라 부인에게 왈,

　「우리 세상에 처함에 만사에 부족함이 없으되, 다만 슬하에 일점 혈육이 없기로 祖先의 만년 香火를 끊게 '되오니, 어찌 비창치 아니하리오.」

하매 부인이 喟然 탄왈,

　「이는 다 첩의 죄이온즉 法門道家에 어진 숙녀를 구하여 자식을 보시면 첩도 죄를 면할까 하나이다.」

　평장이 미소하여 답왈,

　「부인께 없는 자식이 다시 취처한다고 있으리오. 이는 다 나의 팔자 소관이라. 부인은 안심하옵소서.」

하며 부부가 서로 위로하더라.

　차시 홀연 시비가 보하되,

　「문전에 어떤 老僧이 상공 뵈옴을 청하나이다.」

하거늘, 평장이 즉시 외당으로 나와 그 중을 청하니, 노승이 손에 六環杖을 짚고 완완히 들어와 中階에서 읍하거늘, 평장이 답례하고 노승의 거동을 잠간 살펴보니, 몸에 칠보 가사를 입었으며 나이는 팔십이 넘은 듯하되 조금도 麤鄙함이 없거늘, 과연 凡僧이 아닌 줄 알고 일어나 물어 왈,

　「老師는 어디 있으며, 무슨 일로 陋地에 수고로이 왕림하셨나뇨.」

　노승이 합장 재배 왈,

　「소승은 西天 遠寧山 靑龍寺 化主僧이옵더니, 年久歲深하여 불상이 퇴락하기로 상공 댁 豊聲을 듣고 不遠

千里 왔사오니, 시주하옵시기를 천만 바라나이다.」

평장이 대왈,

「절을 중수하려 하면 재물이 많이 들리로다.」

노승이 답왈,

「재물은 다소가 없사오니 상공 처분대로 하옵소서.」

평장 왈,

「그러면 황금 사만 냥과 백미 삼천 석을 주나니 약소하나 보태어 쓰소서.」

노승이 배사 왈,

「황금 사만 냥도 많사온데 백미 삼천 석을 더 주옵시니 황공 감사하여이다.」

평장 왈,

「대사는 과도히 치사를 마소서. 김평장이 나이 오십에 당하도록 슬하에 한낱 혈속이 없사오니 재물을 무엇에 쓰리오. 불상께 시주나 하고 혹 자식을 볼까 바라나이다.」

노승이 답왈,

「재물을 주고 자식을 보려 하면 세상에 無子할 사람이 있사오리까. 그러하오나 지성이면 감천이라 하였사오니, 절에 와 發願이나 하여 보옵소서.」

인하여 하직하고 당하에 내려 두어 걸음에 간 데 없거늘, 그제야 부처인 줄 알고 공중을 향하여 무수히 재배하고 내당에 들어가 이 말을 부인에게 說話할새, 이때는 춘삼월 望間이라.

칠일 재계하고 황룡사를 찾아가서 동구에 다다르니 산수 절승한데, 풍경을 살펴보니 千峯萬壑은 청천을 둘러 있고 長松翠竹과 잔잔한 벽계수는 구비구비 둘렀으며,

琦花瑤草(기화요초)는 춘색을 자랑하며 鸞鳳孔雀(난봉공작)이 雙去雙來(쌍거쌍래)라.

점점 들어가니 층층한 花階(화계) 위에 백옥 탑상에 황금 불상이 앉았으되, 기상이 엄엄하여 사람으로 하여금 정신을 놀라게 하는지라. 평장이 부인으로 더불어 분향하고 축원할새,

「김평장이 연구 오십에 일점 혈육이 없어 祖先香火(조선향화)를 전할 곳이 없사오니 병신 자식이라도 점지하옵소서.」

하고 돌아왔더니, 과연 그날 밤에 일몽을 얻으니, 한 仙童(선동)이 들어와 이르되,

「소동은 천상에 득죄하옵고 갈 바를 모르옵더니, 황룡사 부처가 지시하오매 왔사오니 어여뻐 여기소서.」

하거늘 말을 다시 묻고자 하는데, 金鷄(금계) 소리에 놀라 깨달으니 南柯一夢(남가일몽)이라.

가장 신기히 여겨 부인을 청하여 몽사를 이르니, 부인이 가로되,

「첩의 꿈이 또한 여차하더이다.」

하며 부부가 더욱 신기히 여겨 喜不自勝(희불자승)하다가, 즉시 그 달부터 태기가 있어 십삭이 차매 한 옥동을 탄생하니, 기상이 옥으로 새긴 듯 형상이 명랑하여 전일 보던 선동과 같은지라. 평장 부부가 크게 기뻐 이름을 喜慶(희경)이라 하고 자는 昌成(창성)이라 하다.

점점 자라매 기상이 더욱 엄정 씩씩하고 골격이 비범하여 謫仙(적선)*의 풍채와 潘岳(반악)*의 고움을 가졌으며, 楚王(초왕)*의 壯力(장력)과 山陰(산음)의 필법을 가졌는지라. 부모가 사랑하여 가로되,

---

*적선 : 당대(唐代)의 시인 이백(李白).
*반악 : 진대(晉代)의 미남자.
*초왕 : 초나라의 왕이었던 항우(項羽).

「우리가 늦도록 자식이 없어 서러워하매 明天이 감동
하사 이 같은 英子를 점지하시니, 비록 오늘 죽을지라
도 孤魂을 면할지라. 어찌 즐겁지 아니하리오.」

하고 매일 기뻐하더니, 이러구러 희경의 나이 십오세라.
수려한 거동과 건장함이 人中에 抄出한지라.

어시에 평장 부부 희경을 불러 이르되,

「네 이미 장성하였는지라. 嫁娶 늦어 가매 우리 근심
이 적지 아니하나 하남은 본디 적은 땅이라. 인물이
희귀하여 실로 鳳凰이 없을지라, 경성에 너의 외숙 石
太夫 있으니 네 찾아가 우리 고단함을 이르고, 네 배
필을 求하면 장안은 번화한 곳이라. 너의 재주를 버리
지 아니할지니, 명문 대가에 窈窕淑女를 구하여 우리
마음을 위로하고 金門 玉堂*에 桂花를 꺾어 先祖에 영
화를 끼치면 우리 榮幸이라. 네 뜻이 어떠하뇨.」

생이 본디 위인이 화려하고 뜻이 疏脫하여 일편 단심
天地機微와 萬古英氣를 품었으매, 진실로 고인의 風度를
가졌는지라. 매양 차탄하여 왈,

「어느 때에 丹桂를 꺾어 용채를 부치며, 규방의 숙녀를
구하여 金堂에 짝을 모아 綠水의 원앙을 삼아 부모를
효양코자 원이로되, 이곳이 협착하여 숙녀 가인이 없
을까 근심하더니, 이제 부모의 명교가 이 같으시니 실
로 나의 赤心을 이룰 때라.」

하고 흔연 대왈,

「소자의 庸才로 어떠한 숙녀가 感心하오리이까. 그러
나 室家를 위하여 공명을 잃지 아니함이 옳사오니, 부
모의 明教대로 奉行하오리이다.」

---

*옥당 : 홍문관(弘文館)의 별칭.

평장이 大悅하사 일봉 서찰을 닦아 주니, 생이 행장을 차려 부모께 하직하고 경성으로 향할새, 荊楚之境*에 다다르니 일기 盛熱이라.

몸이 곤하매 한 주점을 찾아 잠간 쉬더니, 문득 일진 香風이 명랑한 玉磬을 인도하여 가다가 침상에 떨어지거늘, 생이 가장 고이히 여겨 몸을 동하여 점문에 나서 두루 살피더니, 동편 화원 중에 수간 초옥이 있고 인적이 고요한데, 서편에 竹窓을 반개하고 일위 미인이 추파를 흘려 遠山을 바라보며 심중에 시름 있는 빛을 띠었으니 그 형용과 참담한 기상이 실로 秋月이 폐월하고 도화가 無光할지라.

그러나 皓齒丹脣과 月態花容이 사람을 놀래는지라. 아리따운 자태와 윤택한 거동은 진실로 만고 절색이요, 짐짓 요조숙녀라. 어찌 마음에 황홀치 아니하리오. 생이 한번 보매 심혼이 撓撓하고 정신이 眩慌함을 깨닫지 못하더니, 이윽고 기운을 수습하여 차탄하여 왈,

「고금에 어떠한 사람은 저런 미색을 얻어 녹수를 희롱하며, 어찌 저런 미색이 세상에 있으리오. 청천 일월도 일편되다. 어찌 일월의 정기를 어찌 저 한 사람에게만 맡겼는고. 알지 못하겠노라. 명천이 감동하사 저러한 가인을 세상에 내심은 一定 有意한 일이거니와, 天壤*이 懸隔하여 연분이 막혔으니 슬프다, 은하수는 어느 때에 烏鵲橋를 통하며 楚王의 대 높은 집에 香夢*을 이루리오. 가석하다! 월하에 저 같은 연분이 내게 있어는 때 늦었는고. 심정이 이로 인하여 병이로다.

---

*형초지경 : 중국 양자강 중류 지역.
*천양 : 하늘과 땅. 높은 하늘과 큰 땅덩이의 뜻.
*향몽 : 봄철의 꽃필 무렵에 꾸는 꿈.

다시금 생각하되 날은 점점 길어 가고 때는 이미 늦었으니 실로 창연타 할지로다. 소개하는 사람을 구하여 근본을 물으리라.」

하고 이에 몸을 돌이켜 주점으로 향하고자 하더니, 문득 밖으로부터 한 叉鬟*이 들어오다가 생을 보고 대경 문왈,
「어떠하신 공자인데 明教의 경계를 잊고 공후 댁 閨秀의 下處를 엿보시느뇨.」

생이 또한 놀라며 망연히 몸을 돌이켜 왈,
「나는 下方의 미천한 선비러니, 科時를 당하여 皇都로 향하다가 일기가 너무 蒸鬱하기로 피서하고자 樹陰을 찾아 다니거늘, 그대 어찌 사람을 멈춰 두고 가지 못하게 하는고. 나는 객지에서 울적함으로 말미암아 徐廻하고 두어 잔 술을 마셨더니, 주량이 너르지 못하여 기운이 희미하고 정신이 아득하여 춘풍이 몸을 흔들어 부치는 줄 깨닫지 못하고 이에 이르러 그대의 책함을 받으니 自當甘受라. 羞愧하거니와 감히 묻나니, 공후 댁 규수의 하처라 하니 무슨 일로 어디로 향하시며, 그대는 뉘관데 醉客의 失體를 경계하느뇨. 청컨대 밝히 일러 죄를 사하게 하라.」

그 차환이 앵순을 열어 朗然 대왈,
「우리 소저는 승상 益州侯 張元의 직손이요 參知政事* 이부상서 張慈永의 친녀이시니 소첩의 주인이라. 마침 본향으로 가시다가 일기 盛熱*이라, 잠간 피서하고자 쉬나이다.」

생이 다시 묻고자 하더니, 문득 안으로부터 부르는 소

---

*차환 : 가까이 모시는 여자 종.
*참지정사 : 고려 때 중서문하성(中書門下省)의 종이품 벼슬.
*성열 : 한더위.

리를 듣고 급히 가거늘, 생이 보니 죽창을 굳게 닫아 화
용이 막혔는지라. 애연함을 이기지 못하여 和詩 일수를
지어 스스로 마음을 위로하고 두루 방황하다가 주점으
로 돌아오니 이미 석양이라. 노복을 불러 이르되,

「내 몸이 피곤하여 날이 이미 저물었으니 머물러 가고
자 하노라.」

노복이 감히 거스르지 못하는지라. 그러나 심중에 그
머무르는 뜻을 아지 못하더라.

이때 그 차환이 생을 한 번 보고 마음에 흠탄함을 마
지 아니하여 내심에 留意하더라.

차시에 그 여자는 이부상서 장자영의 여식이니, 그 모
친 鄭夫人의 꿈에 빙설이 쌓인 곳에 도화 일지 피었거늘,
冬節에 春光이 희미하매 그 꽃을 꺾어 손에 쥐고 구경
하더니, 문득 광풍이 일어나 크게 불매 부인이 그 꽃을
놓아 버리니, 바람에 불려 반공 중에 높이 떠서 임의로
왕래하다가 문득 간 데 없거늘, 가장 서운하여 놀라 깨
달으니 南柯一夢이라. 마음에 의심하더니, 과연 그 달부
터 태기 있어 십삭이 차매, 일일은 기이한 향내 집안에
振動하며 오색 구름이 사면에 자욱하거늘, 부인이 곤하
여 침석에 의지하였더니 구름 속으로부터 한 선녀가 내
려와 절하고 가로되,

「첩은 月宮의 선녀이옵더니, 姮娥의 명을 받아 아기 탄
생함을 보러 왔삽나니 의심치 말으소서.」

설파에 부인을 붙들어 침석에 누이거늘, 아무런 줄 모
르고 누웠더니, 이윽고 순산하매 선녀가 옥합에서 香水
를 기울여 아기를 씻겨 누이고 부인께 하직 왈,

「천상의 文昌星이 방랑을 따라 푸른 복숭아가 金石 사

이에 떨어졌사오니 천명을 어기지 말으소서.」
하거늘, 부인이 아주 오랜 후에야 정신을 차려 보니 한 여자라.

기상이 비범하고 성음이 完明하여 선녀의 태도 있으니, 비록 남자는 아니나 그 脫俗함을 기뻐하고, 상서가 또한 용모가 화려함을 사랑하여 이름을 雪氷이라 하고, 자는 英이라 하다.

점점 자라매 얼굴이 豊陽하여 모란화가 동풍에 부치는 듯, 秋月이 彩雲에 솟아난 듯 天質이 영민하여 오세에 이르러는 가르치지 아니한 글을 달통하며, 詩書百家를 모를 것이 없고 필법이 龍蛇飛騰한지라. 상서가 더욱 사랑하여 칭찬 왈,

「문창성이 인간에 내리지 아니하였으면 여아의 재주를 당할 이 없으리로다.」

하니, 부인이 문득 선녀의 말을 깨달아 해산할 때에 선녀가 와 이르던 말을 다 전하니, 상서가 대경 왈,

「戲答이 과연 眞言이 되리로다. 그러나 푸른 복숭아가 金石 사이에 떨어졌단 말이 그 어인 말씀이오니까. 나중에 자연 알려니와 실로 깨닫기 어렵도다.」

하고 喜喜하더라.

차설, 紅顔薄命이 자고로 있으니, 소저가 절세의 傾國之色으로 어찌 薄命을 면하리오. 나이 십세를 지나지 못하여 그 모친 정부인이 홀연 득병하여 百藥이 無效하여 마침내 일어나지 못하여 상서와 소저가 망극하여 통곡으로 지내다가 선산에 안장한 후, 소저가 상서를 모셔 세월을 보내더니 光陰이 신속하여 삼년을 지내매 소저의 나이 십삼세라.

상서가 지극히 過愛하사 널리 군자를 구하여 소저의 배필을 정하고자 하나 득치 못하여 날로 근심하더니, 가운이 불행하여 액운이 多疊한지라.

상서가 소인의 참소를 입어 북해 絶域에 謫居함을 면치 못하였는지라. 소저의 일생을 근심하사 유모 雪娘과 시비 英春을 불러 왈,

「내 이제 신수 불길하여 만리에 적거하니, 다시 돌아올 기약을 정하지 못할지라. 죽어도 한이 없으되, 다만 여아의 혼사를 정하지 못하고 이별을 당하니 어찌 슬프지 아니하리오. 回京을 아지 못할지라 구천에 돌아가도 눈을 감지 못할지로다. 설랑은 곧 氷兒의 어미라. 이름이 비록 婢主이나 동기의 정이 있으니 빙아의 평생을 네게 부탁하나니, 나 돌아오기를 기다리지 말고 널리 군자를 구하여 빙아의 속침이 없게 하라. 내 비록 황천에 돌아가나 고혼이 오히려 즐기리니, 삼가 명을 어기지 말라.」

당부하며, 또한 소저의 손을 잡고 雙淚 縱橫하여 가로되,

「나는 이미 버린 사람이 되었으나 네 일생이 掌中에 있나니, 여자의 부끄러움을 품어 백년을 허수이 생각지 말라.」

하시니, 상서의 한 말씀에 설랑 영춘 등이 망극하여 통곡하기를 마지 아니하니, 소저가 또한 상서를 붙들고 애원 통곡하니, 그 비창함이 정부인의 喪事에서 더하더라. 뉘 아니 슬프리오.

이러구러 날이 늦어 가매 使命이 연락 재촉하여 상서가 다시 소저를 보호하라 하며,

22

「만일 의지할 곳이 없거든 정부인의 表弟 侍郎 鄭쯕이 涿州 땅에서 사나니, 그 사람을 찾아가면 자연 구하리라.」

말을 마치며 천연히 소매를 떨쳐 북해로 향할새, 일가 奴主가 다 슬피 통곡하니 초목 금수라도 다 슬퍼하는 듯 하더라. 소저는 혼절하여 아무런 줄 모르나 설랑과 영춘이 서로 위로하여 보호하니라.

어언간에 日久歲深하여 가산이 점점 蕩盡되고 노복이 다 散亡하고, 친척이 또한 구호할 이 없으니 혈혈 단신이 고적함을 견디지 못하여 소저 설랑 영춘으로 더불어 의논 왈,

「우리 이와같이 고단하고 인심이 逃散한지라. 실로 사세 危難하니 부친의 명교대로 탁주의 鄭叔을 찾아가고자 하나니, 우리 이제 남은 가산을 팔아 가지고 그리 가 의탁하여 爺爺 돌아오심을 기다림이 良策이라. 너희 소견은 어떠하뇨.」

영춘 등이 왈,

「소저의 말씀이 金玉 같은지라, 소비 등이 어찌 좇지 아니하리까.」

하고 드디어 가산을 수습하고 瓊寶를 바꿔 行李를 차려 탁주로 향할새, 荊楚 땅에 이르러는 날이 더우매 피서코자 하여 여관을 빌어 쉬더니, 영춘으로 하여금 酒樓에 차를 사러 보내고 사창을 의지하여 정히 기다리더니, 홀연 눈을 들어 보니 서편 소로변에 일위 소년이 완연히 배회하는지라. 기골이 비상하고 風度가 絶倫하여 적선의 화려함과 潘岳의 고움을 겸하였으니, 추파 兩眼은 강산의 정기를 띠었는 듯, 細腰는 동풍에 비치는 듯 옥 같은 얼

굴에 취기 반만 엉기었으니 진실로 獸中麒麟이요, 천고
의 기남자라.

한 번 보매 스스로 탄복함을 마지 아니하여 이윽히 보
다가 창을 닫고 내심에 헤아리되,「가인이 군자를 만나고
군자가 숙녀를 만나 自然之氣 있는지라」스스로 탄복함
을 금치 못하며,

「내 비록 자모의 교훈을 듣잡지 못하였으나 야야의 경
계를 힘입어 저으기 古書를 博覽하매 자고로 지금에까
지 賢人君子의 風流好事하는 行止를 效則할 일이 많으
나 오히려 항복치 아니했더니, 此人은 실로 고금에 처
음이라.」

하고 규수로서의 처신이 괴이하나 행지를 다시 보려 하고
창을 열고 보니 영춘이 그 소년으로 더불어 수작이 自若
하거늘, 행여 자기의 행색이 누설될까 두려워 유모로 하
여금 급히 부르니 춘이 들어오거늘, 소저 문왈,

「주점이 얼마나 멀기에 그리 더디나뇨.」

춘이 대왈,

「주점은 멀지 아니하여도 香茶가 마땅치 않삽기로 別茶
를 구하느라 자연 지체하였나이다.」

하고 이어 옥종지에 차를 부어 드리거늘, 소저가 받아 마
신 후 석식을 파하고 衾枕을 내려 정히 자고자 하더니,
영춘이 문득 설화를 베풀어 문답하더니 문득 월색이 서
창에 가득하여 명광이 조요한지라. 춘이 소저를 위로하
여 명월을 구경하며 배회하더니, 야심한 후 춘이 타인이
없음을 인하여 꿇어 가로되,

「소첩이 소저를 뵈오매 이미 연기 이십이 가까운지라.
명색은 비록 婢主이오나 소저를 앙망하옴은 君臣分義

를 겸하였사오니, 소저의 일생을 첩이 염려할 바이라. 이제 主母(주모)는 黃壤之客(황양지객)이 되시고 주군이 또한 遠謫客(원적객)이 되시니, 소저의 일생이 滄浪(창랑)의 浮萍(부평)이요, 狂風(광풍)에 浮雲(부운) 같은지라. 이제 탁주로 가시나 정시랑이 본디 意量(의량)이 넓지 못하옵고 겸하여 땅이 좁고 사람이 적사오니, 어찌 소저의 배필이 있사오리까. 낙엽이 추풍을 쫓아 가거니와 一念(일념)에 맺힌 바 근심이 이밖에 없사오니, 소저의 心意(심의)는 어떠하시니이까.」

소저 청파에 발연 변색 왈,
「혼인은 人倫大事(인륜대사)라 그 부모에게 있나니, 내 비록 불행하여 자당이 아니 계시나 내 나이 이제 春光(춘광)을 당하였으니, 어찌 일생을 이리 근심하리오. 네 말로써 나의 일생을 인도할 바 아니라.」
하고, 설파에 玉面(옥면)에 和氣(화기)가 스러지고 秋霜(추상)이 일어나 雪上(설상)하매 洞庭秋月(동정추월) 같은지라. 사람으로 하여금 肅然跋踖(숙연축척)* 하여 말을 붙이지 못할러라. 춘이 주저하다가 이에 추연 대왈,
「소저의 明言(명언)이 여차하옵거니와, 그러나 소저께서는 하나는 알고 둘은 모르심이니, 다만 주군께서 천은을 입어 돌아오시면 행이어니와 皇命(황명)이 없을진댄 소저의 춘광이 덧없을 것이요. 다만 일신뿐이라 어찌 깊이 생각지 아니하사 녹록한 여자의 부끄러움을 품을진대, 천지간 용납치 못할 죄인이 되고자 하시니, 소첩의 淺見(천견)에는 도리어 소저의 銘心(명심)에 항복치 아니하나이다.」
하며 언필에 戚戚(척척)한 愁色(수색)이 만면하여 그 애원하는 경상을 차마 보지 못할러라. 소저가 이에 심중에 헤아리되,

---

*숙연축척 : 삼가 조심하여 걸음을 걸음.

「영춘이 나와 더불어 십년을 동거하매 간담까지 서로 비치어 정의가 자못 깊은지라. 가볍게 脣舌을 입 밖에 냄이 없더니, 이곳이 비록 조용하나 객점이라. 이와 같은 설화는 아니 할 듯하되 이제 무단히 이런 말을 하여 나의 동정을 시험코자 하니, 비록 고이하나 주의 깊게 들어 보리라.」

하고 소저 안색을 화하여 흔연 소왈,

「아지 못하겠도다. 내 너로 더불어 비록 빈주간이나 일찌기 知己로 허하여 조금도 隱諱함이 없더니, 오늘을 당하여 終身을 염려하니 정의로 보아 가하거니와, 다른 날이 많거늘 구태여 구차함을 생각지 아니하고 가벼이 기담을 베풀어 나를 곤하게 하니 실로 그 뜻을 아지 못할지라. 이제 이런 말을 냄은 필연 연고가 있으리니 내 구태여 구구히 물을 바 아니로되, 네 主意를 알고자 하나니 밝히 이르라.」

춘이 소저의 안색과 自若함을 보고 은휘치 못하여 염용 대왈,

「소첩의 주의를 듣고자 하시니 어찌 간담을 다 쏟아 심정을 아뢰지 아니하오리까. 이제 소저께서 탁주로 가시나 혈혈 일신이 정시랑의 수하 되어 백년 고락이 저희에게 있는지라. 시랑은 본디 寬厚大人이 아니요, 明鑑이 없사오니, 그 同色의 재덕을 겸비하였을 줄 아지 못하리니, 만일 李杜*의 풍채를 버리고 장영의 경박을 취하여 소저의 일생을 곤하게 하시면 어찌 가석치 아니하오리이까. 이러하므로 첩의 淺心에는 죽사와도 자연 부탁할 곳이 있사오니, 남의 문에 의탁치 않으려 말

---

*이두 : 이백과 두보.

고 스스로 방문하여 영웅 호걸이 아니면 현인 군자를 가려 인연을 맺은 후에 鄭門^{정 문}에 들어가신다면 시랑이 또한 임의로 처단치 못하리니, 저희에게 의탁하였다가 주군이 돌아오시거든 의로써 고하고 예를 이루오면 이 곧 옛 사람의 덕행을 효칙함이니, 이는 繁華^{번 화}한 행실이 아니요 明哲^{명 철}한 여자의 自明^{자 명}을 기다림이시니, 소저의 높으신 소견을 첩이 알 수는 없으되 自媒^{자 매} 두 자를 혐의하여 인륜 대사를 살피지 아니하시니 소첩은 그윽이 한심하나이다.」

소저가 이 말을 들으매 놀라우나 세세히 생각한즉, 비록 예는 아니나 또한 淫婦^{음 부}의 賤行^{천 행}도 아니라. 沈吟良久^{침 음 양 구}에 가로되,

「네 말이 진실로 나를 위함이니 지극히 감사하거니와, 나는 西施^{서 시} 白玉^{백 옥}이라. 어디 가 눈을 들어 군자를 가리며, 어느 때 입을 열어 自媒^{자 매}를 말하리오. 일생의 괴로움을 위하여 후세에 웃음이 아니 될까 하노라.」

영춘이 또 가로되,

「옛적에 弄玉^{농 옥}은 진나라 공주로되 소사를 따랐으나 지금 음부란 말이 없고 知音^{지 음}*을 만나 갔다 하오니, 이제 소저 농옥의 부귀를 따르지 못할 것이요, 주군의 기력이 진왕을 당치 못하리니, 하물며 농옥의 일을 행하실지라도 오히려 기롱이 없으려든, 소저는 이제 정혼하고 후일 성례함이 어찌 기롱이 되리오. 사해를 돌며 인걸을 구하여도 얻지 못하려든, 옥 같은 군자를 눈앞에 두고 기회를 잃사오리까. 바라건대 소저는 익히 살

---

*지음 : 마음이 서로 통하는 친한 벗. 《열자(列子)》에서 백아(伯牙)가 거문고를 잘 타고 그 벗 종자기(鍾子期)가 그 소리를 잘 알았다는 고사에서 유래.

피소서.」

소저가 내심에 눈앞에 군자 있단 말을 고이히 여겨 생각다가 깨달으니,

「영춘이 그 소년으로 더불어 말하더니, 제가 뜻이 있는가 그럴진댄, 영춘의 생각하는 마음이 가볍지 아니하도다.」

하고 다시 문왈,

「自媒之言이 비록 고이하나 명교에 누를 끼침이 없으리니 아지 못하겠도다. 뉘 앞에 군자가 있단 말이냐. 그 심정을 아지 못하나니, 아무쪼록 너의 소견을 듣고자 하노라.」

춘이 흔연 대왈,

「소비가 오늘 차를 사러 갔삽다가 우연히 한 소년을 만나오니 그 소년의 玉顔瑩風이 人中 제일이요, 헌헌 장부의 태도라. 그 흉중에 四海之量을 베풀었고 賢人君子의 도를 품었는지라, 不久에 龍印을 받들고 이름이 竹帛*에 오를지니, 소첩이 비록 德操의 거울이 없사오나 사람의 심장 비치는 것은 두 눈이 있사오니 한 번 보아 장래의 길흉을 어찌 모르리오. 실로 의논할진대 소저가 아니면 그 쌍이 없을 것이요, 그 소년이 아니면 소저의 쌍이 없으리니, 이러므로 '유의하는 마음을 기울여 그 소년의 거주 성명을 묻자온즉, 하남 碧桃村 김평장의 愛郞이라. 경성에 있는 석참정의 表姪이라 하니, 문호가 相敵하고 서로 욕됨이 없는고로 소비 또 뒷일을 생각하고 그 주인을 알고 왔나니, 진실로 기회를 버리지 못할지라. 바라건대 소저는 익히 생각하소

---

*죽백 : 서적이나 사기(史記)를 이르는 말.

서.」

소저가 이 말을 들으매 영춘의 知人之鑑에 항복하는 중 실로 응답하기 불가하여 오래 잠잠하다가 홀연 깨달아 생각하되,

「모친 생시에 문창성이 푸른 복숭아 나무 金石 사이에 떨어졌단 말이 있으되, 마침내 해득치 못하여 매양 부친으로 더불어 상의하시더니, 오늘 영춘의 말을 들으니 그 소년의 성이 김씨요, 외가 성이 석씨라고 하니 금석 사이란 말이 옳고, 또 벽도촌에 산단 말이 징험이 분명하여 진실로 이를 이름이라. 실로 이러하면 이는 반드시 천정연분이라. 인력으로 못 하리니 어찌하리오.」

드디어 탄식하여 왈,

「영춘아! 네 말을 들으매 확연히 깨달음이 있는고로, 세속의 부끄러움을 잊고 나의 百年佳期를 네 말대로 내 뜻을 정하나니 모름지기 심상치 말지어다.」

춘이 不勝歡喜하여 배사 왈,

「옛적 漢高祖도 남의 말을 들어 깨달음이 있다 하고, 고서에 狂夫之言도 성인이 택한다 하더니, 이제 소비의 일언으로 확연히 깨치시니 소비 비록 여자이오나 마음이 가장 쾌하도소이다. 짐짓 고인에게 내림이 없사오니, 소비 등이 소저의 수하됨이 부끄럽지 아니하도소이다.」

소저가 또한 묵묵부답이거늘, 설랑이 미소 왈,

「향인에 대한 칭찬은 예로부터 이르지 않나니, 춘랑이 너무 그 몸을 기리는가 하노라. 비록 그러하나 인륜 대사라. 과도히 閑說을 말지어다.」

춘이 또한 웃어 왈,

「유랑은 근심치 말라. 내 비록 脣舌(순설)이 둔하나 蘇秦(소진)이 六國을 달래던 것을 心笑(심소)하나니, 어찌 한 군자와 숙녀의 배필을 근심하리오.」

언필에 표연히 일어나 김공자의 주인을 찾아가니라.

이때 김공자는 소저를 본 후 만사에 뜻이 없어 書案(서안)을 의지하여 지은 바 榮華(영화) 일수를 읊으며 오수에 잠겨 심장을 사르고자 하나, 눈에 보이느니 소저의 아리따운 용모뿐일러라.

문득 소동이 들어와 보하되,

「밖에 어떠한 차환이 와서 상공을 뵈옵겠다 하나이다.」

하거늘 들어오라 하니, 춘이 나아가 배례하여 왈,

「두 밤 사이에 客候(객후) 一向(일향)하시니이까.」

하니 이는 곧 소저의 시비라. 생이 대경 대희하여 茫然(망연)히 문왈,

「전자에는 술이 취하여 행실을 잃어 그대의 책함을 받으매, 이에 이르러 羞愧(수괴)하노라. 그러나 그대 이런 陋舍(누사)에 이르니 반드시 연고가 있는지라. 의혹하나니 밝히 일러 나의 의심을 없게 하라.」

춘이 잠간 웃고 말하여 왈,

「천성이 경솔하여 우연히 실언하온 바이라. 오히려 상공이 이렇듯 겸사하시니 不勝惶悚(불승황송)하여이다. 연이나 소비 당돌히 尊前(존전)을 범하오믄 그윽이 所懷(소회)를 進達(진달)코자 왔사오니, 상공은 즐겨 용납하시리이까.」

생이 흔연 왈,

「異鄕過客(이향과객)을 위하여 정신을 허비코자 하니, 또한 우연한 일이 아니라.」

춘이 심히 주저하다가 왈,

「소비의 주인 존호는 이미 알아계시거니와, 그 家中説話는 모르실지라. 이제 자세히 고하옵나니, 원컨대 허수이 아지 말으시고 소비의 奏辭를 외람타 말으소서. 우리 상서께오서 전세에 죄가 중하여 연장 삼십에 슬하에 한 자녀도 없삽더니, 天佑神助하여 말년에야 일녀를 얻으시니 莊康의 색과 반포의 윤택함을 겸하였으며, 司馬遷*의 문장과 山陰의 필법을 겸하였으니, 주군과 부인이 지극히 사랑하사 掌中寶玉같이 여기더니, 소저가 팔세에 부인이 棄世하시니 終天之痛을 억제하와 상서를 모셔 세월을 보내더니, 餘厄이 未盡하여 거년 봄에 주군이 소인의 참소를 입어 북해 절역에 遠竄하시니, 소저의 일생이 고단한지라. 탁주 땅에 정시랑은 소비 主母의 表弟시니, 소저의 외숙이라. 주군이 적소로 가실 때에 의탁을 그곳으로 천거하시고, 소저의 일생을 유모 설랑과 소비에게 부탁하시며, 경계하사 소비로 하여금 東廂의 귀인을 가려 때를 잃지 말라 하시매, 소비 천한 몸에 중한 부탁을 맡았사오니 夙夜憂懼하여 탁주로 향하옵더니, 명천이 살피시고 귀신이 도우사 의외에 상공을 만나오니 평생 過望이라. 玉帝의 명하신 바를 인력으로 못할지라. 상공이 소비의 말을 더럽다 아니 하시면 소저와 유랑에게 통하옵고, 소비가 스스로 月老*의 소임을 당하리니 尊意 어떠하시니이까.」

---

*사마천 : 중국 전한(前漢)의 역사학자. 자는 자장(子長). 기원전 108년에 태사령(太史令)이 됨. 기원전 104년에 공손경(公孫卿)과 함께 태초력(太初曆)을 제정하여 후세의 역법(曆法)의 기초를 이룸.

*월로 : 부부의 인연을 맺어 준다는 전설상(傳説上)의 노인. 월하노인(月下老人)의 준말.

생이 이 말을 들으매 일희일비하여 良久無言이러니, 서서히 대답 왈,

「소생이 미천한 선비어늘 더럽다 아니 하고 규중 옥녀를 천거하니 지극 감사한지라. 어찌 사양하리오. 그러나 그대는 상서의 明教를 받았으니 自斷하려니와, 생은 尊堂이 계시니 임의로 못할지라. 그러나 그대의 금옥 같은 말을 저버리지 아니하리니, 세상 權度를 좇으리라.」

춘이 또 가로되,

「상공의 말씀이 우리 소저의 수심과 같은지라. 상서께서 비록 명을 내리셨으나 소저의 恒言이 상서께서 돌아오심을 기다려 사람을 좇고자 원이요, 불연즉 탁주 정시랑은 소저의 외숙이라. 친부에서 지나지 아니하시니, 저의 처지를 기다리는 바이라. 상공의 말씀이 이렇지 않아도 성례는 쉬 이뤄지지 못할지라. 相約을 굳게 정하고 京師에 올라가 쉬 득의하사 이름을 金玉에 두신 후, 고향에 돌아가 이런 뜻을 친당께 고하고 탁주로 통하시면 일이 명철하시리니, 상공의 소견을 듣고자 하나이다.」

상이 심중에 과연 옳이 여겨 대왈,

「그대의 말이 진실로 마땅하거니와 세상 일이 번복함이 많으니, 피차 行客이라. 그중에서 일시 한 말을 聽信함이 또한 희소한지라. 극히 외람하거니와, 그대가 나를 위할진대 成案을 대하여 定約을 完定하면 평생 믿음을 지키리니, 바라건대 그대는 널리 생각하여 소저에게 이 말을 통하라.」

춘이 몹시 주저하다가 대왈,

「상공의 말씀을 어찌 외람하다 하리오. 後期를 완정하고자 하시매 지극히 신의를 탄복하나이다. 우리 소저의 천성이 활달하사 의견이 좁으시지 아니하시니, 天定大事를 정하려 하시면 굳이 구구히 사양할 바 아니오니, 소비가 돌아가 이 뜻을 통한 후 다시 회보하리이다.」

하고 드디어 하직하고 돌아오니, 이때 소저와 설랑이 서로 의논하더니, 춘이 이에 웃음을 머금고 들어와 앉거늘, 설랑이 웃고 왈,

「소식이 어떠하건대 춘랑의 안색이 총총하뇨.」

춘이 朗然히 소왈,

「소식은 기쁘거니와 襄王*의 그림자가 巫山*을 구경하고자 하니, 소저께서는 즐겨 허락하시리이까.」

소저 청파에 아미를 찡그리고 발연 변색 왈,

「선녀가 朝雲 되기는 음란한 행실이요, 양왕 찾기는 방탕한 몸이라. 네 어찌 이런 悖說로써 나의 심정을 허하고자 하느뇨.」

춘이 문득 깨달아 사죄 왈,

「이는 實情이 아니오라 유랑의 묻는 말씀에 대답을 가벼이 하다가 소저의 正心을 놀라게 하오니 황공무지하여이다.」

하고 인하여 공자의 말을 이르며, 또 기회를 보아 定盟코자 하는 뜻을 함께 고하며 낭연 함소 왈,

「내 이 말을 유념하다가 잘못 언사가 바뀌어 소저의 氷心을 동하게 하오니 불승황공하여이다.」

---

*양왕 : 초(楚)의 양왕.
*무산 : 중국 사천성(四川省)의 동쪽에 있는 명산(名山). 산 위에는 무산 십이봉(巫山一二峰)이 있어, 고래(古來)로 한문 시가에 많이 나타남.

소저가 잠간 노색을 낮추고 가로되,

「이 또한 예가 아니라. 내 몸이 규수이거늘 어찌 외인을 대하여 眼光을 들어 상대하면　어찌 타인의 웃음이 되지 아니하리오.」

춘이 정색 왈,

「이 말씀을 소저께서 실로 통하지 못하심이라. 이제 소저의 마음을 저에게 허하사 인륜을 이룰진대, 비록 청함이 없어도 우리가 먼저 自求하여 成約함이 옳사온대 어찌 대사를 등한히 생각하사 적은 일을 구애하시나니이까.」

설랑이 또한 의리로써 개유하니, 소저가 깊이 생각하다가 왈,

「일이 이미 이러한즉 취택함도 불가하고 아니 함도 불가하나, 이렇듯 私私의 신세 구차함을 생각하니 심사를 정하지 못하리로다. 언약을 맺을진대 구태여 밤을 타 청함은 극히 고이하니, 明朝에 광명히 청하여 타인의 의심을 없게 하라.」

하니 춘이 또 修辭 왈,

「소저의 밝으신 소견은 우리가 잊지 못하리로소이다.」

이러구러 밤이 이미 깊었는지라. 삼인이 금침에 의지하여 잠간 졸더니, 동방이 장차 밝았는지라. 영춘이 즉시 공자의 사처에 이르러 생을 대하여 밤 사이 존후를 묻고, 이제 소저의 전후 수말을 전하고 오심을 청하니, 생이 또한 저의 代替를 탄복하며　영춘을 따라 한가지로 소저의 사처에 이르니, 객실에 鋪陳을 배설하고 설랑이 공자를 맞아 중당에 자리를 정하고 눈을 들어 공자를 보니, 玉貌英風이 원근에 照耀하여 風英灑落한 골격이 翩

34

翩한 학이요, 皎皎한 용이라. 어찌 俗者라 하리오. 한 번 보매 설랑이 심중에 대경하여 스스로 헤아리되, 영춘의 知人之鑑을 못내 탄복하더라.

이윽고 영춘이 소저를 인도하여 中軒에 이르매, 생이 망연히 몸을 일으켜 맞아 예를 마친 후 동서로 나누어 자리를 정할새, 생이 잠간 추파를 들어 소저를 보니 구름 같은 雲鬟에 玉鬢을 덮었으며, 빛 없는 의복에 단장을 하지 않고 겨우 영춘을 의지하여 앉았으니 명월이 흑운에 덮였으며, 모란꽃이 향내에 잠긴 듯 만단 愁色이 自若하여 春光을 띠었으니, 그 애련한 경색을 차마 보지 못할러라.

생이 이미 영춘의 말을 들었는지라. 그 근심함을 짐작하고 마음에 비감함을 이기지 못하더니, 이윽고 靑衫을 들어 읍하고 말씀을 나직이 하여 왈,

「소생은 鄕村의 匹夫라. 부모의 명을 받자와 경성에 외숙을 뵈러 가옵더니, 하늘도 유심하사 우연히 행차를 만나오니 피차 行客이라. 인연할 길이 없삽더니 마침 여랑의 賢心에 힘입어 이에 이르오니 불승감사하거니와 종신 대사를 소홀히 정할 길 없사와 주위를 통하였삽더니, 소저께서 古跡을 效則하사 생의 외람함을 혐의치 아니하시니 생이 소저의 높으신 절의를 그윽이 탄복하나이다. 시비의 傳語로 소저의 의향을 통하심은 들었사오나 孤子하심을 생각하오니 실로 가석함을 인정에서 면치 못하리로소이다. 연이나 이렇듯 모임이 또한 천명이오니, 소저께서는 이제 사양하고자 하시나 得치 못하오리니, 자매를 혐의치 말으시고 백년 기약을 일언으로 정하시면 생이 이제 경성에 가서 叔堂을 뵈

온 후, 집에 돌아가 오늘 정한 신의를 저버려 無信不
義를 행하지 아니하리니, 소저는 생의 용렬함을 허물
치 말으시고 한 말씀으로 허하시면 생이 無類함을 면
할까 하나이다.」

하고 눈을 들어 熟視하니, 소저가 아미를 숙여 듣기를 다
하매, 부끄러워하는 빛이 玉面에 가득하여 백설 같은 귀
밑에 紅光이 솟아나고 원산 눈썹에 시름이 쌓였는지라.
자주 눈을 들어 보되, 소저가 천연하여 화답이 없으매,
춘이 나아가 雲髮을 어루만지며 왈,

「소저께서는 어찌 疎拙하심이 여차하시니이까. 종시 대
답이 없으면 생이 가장 無聊하여 하시리니, 평일에는
俗態를 녹록타 하시더니, 소저 어찌 스스로 행하시나
이까.」

하니, 소저가 마지 못하여 옥수로 단순을 가리우고 영춘
에게 말씀을 전하여 왈,

「첩은 본디 孤子한 인생이라. 죄악이 지중하여 幼稚를
면하기 전에 자모를 여의고 이에 이르러 餘厄이 미진
하여 엄친이 또한 만리에 적거하시니 觸處에 망극하
옴이 九曲에 미치오니, 마땅히 엄친의 뒤를 쫓아야 했
을 것이로되 여자의 몸이라 임의로 못 하고, 혈혈 단
신이 의탁할 곳이 없어 잔명을 부지하고자 탁주 땅의
외숙을 찾아가옵더니, 천만 몽매 밖에 군자의 過念하
심을 입사와 감사하거니와 안면을 들어 언어를 통함
이 明教의 경계가 아닌 줄 아오되, 세사를 짐작치 못
하오매 부끄러움을 무릅쓰고 아뢰나니, 卑薄타 아니
하시고 終身을 유념하실진대 첩이 또한 효칙할지니, 바
라옵건대 길이 생각하사 금일의 기약을 저버리지 말으

소서.」

하고, 설파에 애련한 홍광으로 白日(백일)이 무광하고 청천에 감응하실지라 어찌 무심하리오.

생이 듣기를 다하매 이에 몸을 굽혀 왈,

「소저의 극진한 고생은 명천이 아실지라. 생이 비록 庸愚(용우)하나 가친의 경계를 듣삽고 고서를 살피와 잠간 예의를 통하더라도 불의를 짝하지 아니하였나니, 소저는 생을 염려치 말으시고 일시의 고생을 참으사 千金之軀(천금지구)를 보중하시어 소생의 바라는 바를 버리지 말으소서.」

설파에 금낭을 열고 白玉書鎭(백옥서진)을 내어 소저께 전하여 왈,

「차물이 비록 귀중하지는 아니하나 생의 집 世傳之物(세전지물)이라. 생이 사랑함이 금옥보다 더 중히 여기매 일시도 손에서 놓지 못하더니, 금일 소저와 이별을 당하니 간절함을 이기지 못하여 이로써 믿음을 표하고자 하옵나니, 원컨대 소저는 일편단심을 여러 번 생각하사 더럽다 말으시고 사랑하시는 진보를 바꾸어 주시면 후일에 서로 믿음을 삼을까 하나이다.」

영춘이 거두어 소저께 전하니, 소저 사양함이 불가하여 받아 수습하고 소저의 純金指環(순금지환)을 벗어 한 짝을 생에게 전하여 왈,

「첩의 팔자 기박하여 片雀流離之命(편작유리지명)이라. 다만 죽기를 원하옵더니, 금일 군자의 후의를 받자오니 불승감사하나이다. 이것이 비록 소소하오나 자모와 영별하던 날 이로써 모녀지정을 표하신 것이라. 일시도 손에서 놓은 때가 없삽더니, 군자의 信物(신물)를 받삽고 달리 표할 것이 없사와 한 짝 지환으로 믿음을 삼사오니, 이로부터

草露殘命을 군자께 붙이나니, 바라건대 첩의 번화함을
비루하다 말으소서.」

생이 혼연히 받아 낭중에 간수하고 길이 사례 왈,
「소저의 은혜가 이에 미치오니 생의 복이 損할까 두려
하나이다. 생이 비록 古人에는 불급이나 경박한 사람
은 되지 않으리니, 조금도 염려하지 말으시고 천금 귀
체를 보중하옵소서. 생의 단심을 잊지 말으소서. 요행
金榜에 참례할진대, 소저의 덕이요 생의 복이라. 고향
에 돌아가 친당에 고하고 즉시 예를 이루리니, 소저는
일시 곤고함을 괴롭다 말으시고 귀체를 보중하사 탁주
로 가셔서 머무르소서.」

말을 마치며 영춘을 돌아보고 왈,
「너희의 충심을 아나니 반드시 보호하려니와 다시 조
심하라.」

하고 설랑을 돌아보아 가로되,
「믿는 바 너희라. 행중에 일시도 방심치 말고 보중하
여 나의 부탁을 잊지 말라.」

신신 당부하더라.

이러구러 날이 늦으매 몸을 일으켜 소저를 향하여 하직
을 이르며 보중하기를 당부하여 왈,
「떠나 이렇게 헤어지나 소저의 불안함을 짐작함이로소
이다.」

하며 연연함을 마지 못하다가 소매를 떨쳐 완완히 나가
니, 소저는 잔잔하나 영춘 등은 그 정대함을 차탄하더라.

생이 객점에 돌아와 행리를 수습하여 경성으로 향할새,
소저의 신세를 유념하니 무엇을 잃은 듯 허수하고 섭섭
하여 스스로 詩酒를 펴 愁懷를 풀더라.

이때 장소저는 김공자를 이별하고 길을 떠나 道道跋涉^{도 도 발 섭}하여 여러 날 만에 탁주에 득달하여 정시랑 부중을 찾으니, 가석타! 소저의 액운이 갈수록 극심하여 시랑이 벌써 棄世^{기 세}하고 자손이 없으매, 그 부인이 고단함을 견디지 못하여 가산을 팔아 가지고 外姪^{외 질} 유영을 찾아 楊州^{양 주}로 갔다 하니, 소저가 천신만고하여 이르렀다가 이 말을 들으니 바램이 끊어지고 천지가 아득하여 어찌할 줄 모르다가, 失聲 流涕^{실 성 유 체} 왈,

「이에 이르러 갈 곳 없으니, 내 세상에 유하여 무엇이 유익하리오. 차라리 바삐 죽어 만사를 잊음만 같지 못하도다.」

말을 마치며 기절하여 인사를 모르거늘, 설랑 영춘 등이 급히 구하여 반향 후에야 겨우 정신을 차려 호흡을 통하나 마침내 愁懷^{수 회}를 진정치 못하여 말을 못 하고 다만 옥루만 흘리더라.

살같이 빠르고 꿈과 같은 한 세상에 근심 걱정 모든 괴로움이 없는 사람 있으리오마는 소저의 애련한 경상은 차마 보지 못할러라. 영춘 등이 위로 왈,

「소저는 너무 서러워 말으소서. 예로부터 紅顏薄命^{홍 안 박 명}과 苦盡甘來^{고 진 감 래}란 말이 있사오니, 우리 이제 고생이 이러하나 불구에 상서께서 돌아오시고 김랑이 또 後期^{후 기}를 두었으니, 뜻을 이루면 금일의 고생이 一場春夢^{일 장 춘 몽}이 될지라. 인간의 天壽^{천 수}는 정하심이 있나니, 소저 어찌 일시 고생을 괴롭다 하사 귀체를 버려 나중을 생각지 아니하시나이까. 소비 등이 막중한 부탁을 두 곳으로부터 받자왔사오니, 天心^{천 심}을 顧念^{고 념}하사 너무 상하게 하지 마소서.」

소저가 이 말에 겨우 정신을 차려 길이 탄식 왈,

「네 말이 비록 그러하나 금수라도 깃들일 곳이 있어 천기를 따라 風寒署濕을 방비하나니, 하물며 사람이야 몸가짐이 어찌 중하지 아니하리오마는 우리 고생은 갈수록 자심하여 持接할 곳이 없으니 누구를 의탁하리오. 一片丹心에 萬端愁心을 실어두고 광풍에 낙엽같이 동서로 분주하여 구차히 머무르니, 차라리 세상을 모름만 같지 못하되 세상에 유함은 야야를 다시 뵈올까 바램이요, 또한 김공자와 정약한 후의를 생각함이라. 장차 이를 어찌하리오. 숙모는 의질을 찾아가셨다 하니 劉郞은 곧 부당한 사람이라 바랄 수 없으며, 지향할 곳이 없으니 千思萬度하여도 불효와 무신을 무릅씀만 같지 못하도다.」

춘이 민망하여,

「소저께서는 어찌 이런 말씀을 하시나이까. 무신 불의를 겸하고 죽으면 고혼이 지하에 돌아가도 용납치 못하오리니, 소비의 淺見에는 이제 사세 그릇되었으니 요요한 부끄럼은 버리고 김랑을 찾아가면 제 한 몸을 의지하는 것이며, 또한 상서께서 돌아오심을 기다리면 이는 효와 신을 雙全함이니, 원컨대 소저는 익히 살피소서.」

소저 왈,

「네 말이 불가하다. 김공자는 경성에 가서 돌아올 기약이 없으니 모르는 집에 누구를 찾아 의지하며, 또 경성으로 가고자 하나 이름이 朝路에 매인 바 없으니 뉘라 찾으리오. 차라리 신을 저버릴지언정 효를 극진히 하는 도리가 사람의 爲親之道라. 내 이제 북해로 찾아가 야야의 平否(평부)를 알고자 하노라. 너희는 나를 위하여 길을 인도하라.」

하거늘, 춘이 체읍 왈,

「북해는 만리 밖이라. 大江(대강)이 격하였으니 장부의 행색이라도 오히려 어려운데 하물며 규중의 약질이 어찌 득달하리오. 또한 북방은 藩地(번지)라. 인심이 극악하니 강포한 욕을 당한다면 어찌 막으리오. 당초에 아니 가느니만 같지 못하리로소이다. 소저는 외람한 뜻을 두지 말으소서.」

소저 왈,

「昔日(석일)에 木蘭(목란)이 절벽에 送軀(송구)하였으되 오히려 죽지 아니하였나니, 이제 목란의 일을 효칙하여 의복을 換着(환착)하고 일필 單騎(단기)로 북해로 향하면 뉘 능히 女化爲男(여화위남)한 줄을 알리오. 내 뜻을 이미 정하였나니 너희는 괴로이 막지 말라.」

춘 등이 이미 정한 줄 알고 왈,

「소저께서 이제 이렇듯 고집하시니 청천이 감동하실지라. 소비 등이 어찌 죽기로 뒤를 따르지 아니하겠나이까.」

소저가 대희하여 즉시 修飾之寶(수식지보)를 내어 춘으로 더불어 남복으로 개착할새, 일필 단기로 북해를 향하니라.

跋涉道路(발섭도로)하여 십삭 만에 겨우 득달하니, 기운이 진하고 정신이 撓撓(요요)하매 前程(전정)이 오히려 수십리 남았으나 행보할 길이 없어 삼인이 겨우 진정하여 집을 빌어 잠간 쉬며, 두루 廣問(광문)하여 찾되 아는 사람이 없는지라.

낙망함을 견디지 못하여 두루 방황하더니, 綠林芳草(녹림방초) 중에 한 노인이 靑藜杖(청려장)을 짚고 葛巾道服(갈건도복)으로 풍경을 구경

하거늘, 소저 나아가 절하고 敬問(경문) 왈,

　「소생은 경성 사람이옵더니, 마침 장사 땅에 다니러 왔
　삽다가 回程(회정)에 듣사오니　경성의 이부상서 장자영이란
　재상이 거년 봄에 이곳에 적거하신다 하오매,　반가이
　뵈옵고자 왔사오나　종적을 알 길이 없사오니, 伏望老(복망노)
　尊(존)은 아시거든 밝히 가르쳐 주심을 바라나이다.」

하니, 그 노인이 오래 생각하다가 가로되,

　「그대 승상 익주목 장원의 아들인가.」

　소저가 응성 왈,

　「그렇소이다.」

하니, 노인이 홀연 안색을 변하여 왈,

　「가석타！」

하며, 愁懷(수회) 일어나 천연히 말을 못 하고 반향이나 지난 후
비로소 이르되,

　「저 시내를 건너 동편으로　수리를 들어가면 산수 절
　승하고 창송 녹죽이 층층 무성한 곳에 초당이 있나니,
　게 가 찾으면 자연 알 것이니　그리로 찾아가라.」

하거늘, 소저가 사례하고 길을 찾아가나　노인이 슬퍼함
을 아지 못할러라.

　시내를 건너 수리를 가니, 산이 수려하고 수목이 무성
한 가운데　오색 彩雲(채운)이 松竹(송죽)에 잠겨 있고　백만 금수는
사람의 수회를 돕는지라. 두루 살펴보니 죽림 깊은 곳
에　동편 벽상에 현판이 있거늘, 자세히 보니 그 현판에
하였으되,

　「청주인 이부상서 장자영은 하늘을 우러러 하소하여 만
　단 수회를 잠간 기록하나니, 슬프다！ 사람의 命道(명도)는
　하늘에 있는지라. 한때 빌기 어렵도다. 그러나 나 같

은 인생이야 또 어디 있으리오. 몸을 나라에 허한 후에 천은이 호탕하사 벼슬이 六卿*에 이르도록 국은이 망극하오나 일분도 못 갚사와 평생에 원하기를 일신을 다 마치도록 竭忠報國이 원이러니, 운이 불행하고 액운이 지중하여 소인의 참소런지 황명이 지엄하사 수만리 절역에 내치시매 원이 무궁하나 잔명을 부지하여 천명을 바라더니, 마침내 뜻을 이루지 못하니 슬프다! 寸寸 간장이 봄눈 스러지듯 다 녹는 줄 그 뉘 알이 없다. 일심에 맺힌 바는 충성을 다한 후에 장영의 이름이 만세에 유전하기 원일러니, 명도 기박하고 시운도 불길하여 使命을 못 얻삽고 만단 수회 잠가두고 타향 고혼 되리로다. 슬프다! 이내 잔명을 그 뉘라 위로하리오. 골수에 맺힌 병이야 扁鵲*이 다시 살아와도 回春하기 어렵도다. 속절없이 북해 고혼이 되단말가. 사후에 해골인들 누가 거두어 선산에 묻어주리. 가석타! 일점 혈육 규중에 있어 북해를 바라면서 약한 간장 썩이는 일, 주야로 생각하면 죽기보다 더 섭도다. 황명을 얻삽거든 고향에 돌아가서 영애의 쌍을 이뤄 원앙의 노는 양을 보고자 원이러니, 천도가 무심하사 지하로 돌아가니 혈혈 약질이 어디 가 의지하여 성취를 어이하며, 祖先香火를 뉘게다 부탁하리. 좌우로 생각하되 지하로 돌아가나 눈을 어이 감으리오. 유의한 창천은 장자영의 무죄한 冤事를 살피시고 草路 같은 혈육을 돌아보사 잔잉한 명을 이어 다시 장씨의 성을 이어 불효와 孤魂을 면하게 하옵소서. 불효 장자영은 陰惡한

---

*육경 : 육조판서(六曹判書)의 아칭(雅稱).
*편작 : 중국 전국 시대의 명의(名醫). 발해군(渤海郡) 정(鄭)나라 사람. 성은 진(秦). 이름은 월인(越人).

奸譎의 참소를 만나 우리 주상 聖聰을 가리어 애매히
遠地에 謫居하니, 명명한 창천과 일월 성신은 굽어 살
피사 구원에 돌아가 원을 씻게 하옵소서.」
하고 그 아래,
「계축 사월 望日에 이부상서 장자영은 만단 수회를 한
조각 현판에 기록하고 눈물로 오늘 명이 진하나이다.」
하였더라.

소저가 보기를 다하매 상서께서 棄世하신 줄 알고 방
성 통곡하며 땅에 엎드려 기절하니, 설랑과 영춘이 또한
呼天 통곡하더라.

오호라! 산천 초목이 다 슬퍼하는 듯 愁雲이 일어나
고 금수가 다 슬퍼하니 뉘 능히 구하리오. 사세 가장 급
하더니, 천우신조하여 그 노인이 소저에게 갸르쳐 보내
고 생각하되,

「그 소년의 얼굴이 상서와 방불하고 또한 묻는 말이 여
차하여 실로 고이하나, 상서가 생시에 나에게 이르기
를 아들은 없고 다만 일녀뿐이라 하더니, 일정 상서의
친척이라. 만일 그곳에 가서 상서의 필적을 보면 반드
시 평안치 못하리니, 내 친히 가 그 소년을 위로하리
라.」
하고 급히 이르니, 산천은 적막한데 인적이 고요하거늘,
가장 고이히 여겨 들어가 보니 삼인이 서로 손을 잡고 땅
에 엎드러졌거늘, 가까이 나아가 살펴보니 호흡이 이미
끊어졌는지라. 노인이 대경하여 忙忙히 閭閻에 내려가 藥
水를 구하여 그 소년에게 먹이고 또 두 사람에게 먹인
후에 그 소년의 손을 주무르니, 이윽하여 한 사람이 먼
저 인사를 차려 일어 앉으니 이는 곧 설랑이라. 그 노

인이 사정을 물어 가로되,

「그대들은 무슨 일로 이 지경에 당하였는고. 바삐 저
  소년을 구하라.」

하니 설랑이 몸을 돌려 일어나 살펴보니, 소저와 영춘
이 다 혼절하였는지라. 방성 통곡하며 罔知所措하여 소
저의 수족을 주물러 구하더니, 이윽고 또 영춘이 인사를
차리거늘, 다행한 중 소저의 기운을 살피니 흉중에 저
으기 온기 있거늘, 부르짖어 깨우니 날이 이미 석양이라.

  소저가 겨우 인사를 차려 보니 약병을 의지하여 앉았거
늘, 고이히 여겨 심중에 헤아리되, 저 노인의 구함을 입
어 재생하였음을 알고 이에 정신을 수습하여 몸을 일으
켜 노인에게 배사 왈,

「노존의 가르치심을 입어 가친의 유서를 찾아 보오니
  은혜 難忘이거늘 또 어찌 소자들의 기절함을 알으시고
  이에 이르러 活人之德을 끼치시니 은혜 白骨難忘이로
  소이다.」

노인이 장탄 왈,

「이 또한 천명이라. 어찌 노인의 구함이리오. 그러나
  그대 장상서의 아들이라 하니 상서를 다시 본 듯 반
  갑기 측량없거니와 가련타! 萬里長程에 千辛萬苦하
  여 겨우 왔다가 유명이 달라 서로 반김이 없으니 망
  극하려니와, 그러나 천륜을 쫓았으니 그 至孝 감격함
  을 측량치 못하리로다. 상서는 곧 나의 竹馬故友라. 自
  初로 청주서 생장하여 관악에 한가지로 同心하여 龍門
  에 오르니, 비록 結盟이 없으나 管鮑*의 정을 표하였
  더니, 내 이곳에 와 머문 지 年久歲深에 서로 聲息이

─────────────────
＊관포 : 친구 사이의 매우 다정하고 허물 없는 교제를 이르는 말.

끊어지매 매양 사모하더니, 뜻밖에 상서가 소인의 참
소로 인하여 이에 이르러 故舊의 정을 펴 서로 偕老하
더니, 상서가 불행하여 우연히 득병하사 백약이 무효
하여 마침내 일어나지 못하니 정회 感愴함을 어찌 다
기록하리오. 노부가 主喪하여 擇地 安葬하고 태수께 일
러 집을 세우고 임종에 하던 말을 현판에 기록하였더
니, 천만 의외에 그대 이에 이르렀으니 상서의 정령
이 기쁠 것이요. 또한 비감한 중 다행이거니와, 그러
나 생시에 남자가 없음을 슬퍼하고, 다만 일녀를 근심
하여 정회를 현판에 기록하였는지라. 상서는 본디 현
인 군자이거늘, 나를 속이지 않으려거든 실로 노부의 의
혹을 없게 하라. 아마 그대 이제 옥도의 소임을 당하여
세상을 속임이라.」
소저가 이 말을 듣고 三魂이 몸에 붙지 아니하여 머
리를 숙이고 말을 못 하다가 마음에 생각하되,
「저 노인은 곧 가친의 知己라. 은인이 될 뿐 아니라
또 나의 행색을 명명히 아는지라. 종시 기이다가 나
중에 막지 못하면 後悔莫及이라. 이제 실정을 고하고
당부하여 누설치 말라 하리라.」
하고 다시 일어나 배사 왈,
「대인이 망친의 붕우라 하시니 망친을 뵈온 듯 悲懷
무궁하오니, 어찌 정회를 기이리오. 소녀는 곧 상서의
일녀라. 일찍 자모를 여의옵고 엄친을 모셔 세월을 보
내옵더니 불행하여 가친이 이곳에 적거하시매, 일념에
그 뒤를 쫓고자 하오나 뜻을 이루지 못하옵고 혈혈 단
신이 유모와 시비로 더불어 서로 회포를 베푸옵다가
강포의 욕을 두려워하여 외람한 의사를 내어 女化爲男

하여 음양을 가리옵고 轉轉跋涉(전전발섭)하여 이곳에 이르렀삽더니, 소녀의 죄악이 극심하와 적막한 산천에 한 조각 필적뿐이요, 가친의 용모는 九原(구원)에 막혔사오니 망극하옴이 사해에 소녀뿐이라. 망친의 시신을 선산에 輸運(수운)코자 하오나 다만 赤手(적수) 一身(일신)이라. 할일없사오니 바라건대 대인은 故舊(고구)의 정을 생각하사 고렴하시면 망친의 고혼을 본토에 移安(이안)하올진대, 백골 영혼이 감격하실 것이요, 소녀 또한 刻骨銘心(각골명심)하여 이 은혜를 만분지일이나 갚사올까 바라나이다.」

하며 설파에 嗚咽流涕(오열유체)하니, 눈물이 흘러 피가 될러라.

노인이 이 말을 들으매 더욱 비감한지라. 지극히 위로 왈,

「소저는 너무 슬퍼 말라. 이는 다 천수라. 어찌 면하리오. 노부가 비록 빈곤하나 소저의 원을 쫓으리라.」

하니 소저가 이에 눈물을 거두고 배사 왈,

「대인의 성덕이 이같이 거룩하옵시니 천만세 축원하리로소이다. 그러나 망친의 빈소를 인도하여 주소서.」

노인이 마지 못하여 소저를 데리고 수리를 가더니, 한 墳上(분상)을 가르치거늘 눈을 들어 보니, 녹림 중 한 비석을 세웠으되, 「青州後人 丞相 張公之墓(청주후인 승상 장공지묘)」라 완연히 썼거늘, 소저가 분상을 붙들고 애연 통곡하니, 초목 금수라도 슬퍼할러라.

인하여 인사를 모르니 영춘 등이 구하여 겨우 진정하나 애원함을 참지 못하여 통곡을 그치지 아니하니, 노인이 나아가 위로 왈,

「소저는 어찌하여 이렇듯 몸을 버리느뇨. 노부가 실로 심사가 불안하여이다. 청컨대 슬픔을 참고 返葬(반장)할 계

교를 생각하라.」

소저가 노인을 위하여 억지로 참으나 천연한 빛이 없거늘, 노인이 百端開諭 왈,

「날이 저물었으니 비회를 거두고 집으로 돌아가자.」

하니, 소저가 마지 못하여 노인을 따라가며 백번 당부하여 왈,

「대인은 소녀의 행색을 누설치 말으소서. 만일 타인이 알면 그릇될 뿐 아니라 소녀의 몸이 고향에 돌아가지 못하올지라. 이러므로 애걸하나이다.」

노인이 천연 대왈,

「소저가 이르지 않아도 노부가 이미 짐작하였나니, 어찌 이런 대사를 누설하리오.」

소저가 사례하고 돌아오니 노인이 별당을 掃灑하고 소저를 안돈하고, 석식을 권하여 파한 후 야심하도록 설화하되 종시 비회를 辭色에 내지 아니하여, 그 진중함이 이렇듯 하더라.

이튿날 노인이 行喪 기구를 차릴새, 태수께 들어가 장승상의 친자 온 말을 일러 가로되,

「저의 다만 원하는 바는 상서의 屍軀를 수운코자 하나, 다만 赤手 空拳이라. 返柩之材를 내어 주심을 바라더이다.」

상서는 본디 태수의 은인이라. 이 기별을 듣고 즉시 나와 조문하고 일변 제구를 차리며 군인 사십명을 정하여 영구를 청주로 모시게 하니, 소저가 감사함을 이기지 못하여 은혜 갚음을 사례하고 상구를 뫼셔 길을 행할새, 노인이 십리 밖에 나와 전별하며 조심함을 당부하고 상구를 붙들고 통곡하며 결연한 정을 못내 슬퍼하더라.

소저 또한 눈물을 뿌려 만세 태평하시기를 이르며 하직하고, 영구를 모셔 주야로 행하여 선산에 돌아와 안장하고 묘사를 지어 설랑과 영춘으로 더불어 서로 위로하며 세월을 보낼새, 哀懷중 기골이 수척하여 안색이 憔悴하고 기운이 不實하니 보는 사람들이 아니 슬퍼할 이 없더라.

광음이 여류하여 삼상을 지낼새, 소저가 闋服하며 새로이 슬퍼하더라.

일일은 설랑과 영춘으로 더불어 前程을 의논할새, 춘이 가로되,

「이제 삼년을 지내었으니 墓下를 떠날지라. 어디로 향하리오.」

소저가 체읍 왈,

「이제 부친 해골을 선산에 안장하고 삼년을 지내었으니, 이제 죽은들 한이 있으리오. 차라리 自決하여 혼백이라도 부모의 뒤를 쫓고자 하노라.」

춘이 대경 왈,

「소저는 어찌 이런 말씀을 하시나이까. 이제 부모의 신체를 한곳에 모았사오니, 천금 같은 몸을 보전하여 제사를 받듦이 지극한 효도이거늘, 無端히 죽어 후사를 끊고자 하시니 어찌 불효가 아니리이까.」

소저가 체읍 왈,

「내 어찌 그런 줄 모르리오마는 의지할 곳이 없으니 세부득이함이거늘, 너희 어찌 만류하리오.」

춘이 체읍 대왈,

「소저는 어찌 그 사이 형주 객점에서의 언약을 잊어 계시니이까.」

50

소저가 천연 답왈,

「어찌 일시나 잊으리오마는 허다한 세월에 인사가 변하였을 것이기에 말미암음이라.」

춘이 대왈,

「소저는 어찌 가벼이 생각하시나이까. 김공자의 온정을 생각하오면 태산이 오히려 가벼운지라. 이제 생각건대 그간 수삼년이 되었사오니, 반드시 桂花를 꺾어 청운에 올랐으리니, 소저를 사모하는 정이 자못 깊을지라. 이때를 인하여 인연을 맺어 부귀를 누리고 후사를 이으면 경사 아니오이까.」

하니, 소저 이에 옳이 여겨 행리를 차리며 묘하에 나아가 통곡 하직하니, 그 감창 오열함을 보지 못할러라. 날이 늦으매 묘하를 떠나 하남으로 향할새, 발섭도도하여 여러 날 만에 득달하여 한 집을 빌어 쉬며 춘을 보내어 공자의 소식을 탐지하더니, 이윽고 돌아와 울며 왈,

「우리 삼인은 무슨 죄로 고생도 그지없고 근심도 무궁한고. 소저는 이제 어디로 향하시리이까.」

하거늘 소저 대경하여 연고를 물으니 춘이 체읍 왈,

「두루 다녀 김공자의 거처를 묻자오니 수년 전에 집을 옮겨 영천으로 갔다 하오니, 영천은 곧 남방 변지라. 북해에 가기나 다름이 없사오니, 박명한 인생이 고향을 생각하니 자연 슬프도소이다.」

소저가 이 말을 들으매 어이없어 아무 말도 못 하고 눈물만 흘리는지라. 양인이 서로 위로 왈,

「일이 이미 그릇되었사오니 한갓 우려함이 무익한지라. 이미 뜻을 정하여 天定을 찾을진대 靈泉인들 어찌 사양하리오. 천하를 다 돌아 찾지 못하면 말려니와 이

제 아니 찾음은 불가하니이다.」

소저와 영춘이 또한 그러이 여겨 즉시 하남을 떠나 영천으로 향할새, 백여 일 만에 겨우 지경에 이르렀으나 사는 곳을 아지 못하는지라. 삼인이 흩어져 날이 저물도록 찾되, 알 바를 몰라 할 수 없어 한 집을 빌어 밤을 지내고 여러 날 유하여 廣問하되, 마침내 종적이 없는지라. 낙망 무지하여 울며 가로되,

「슬프고 슬프다. 日暮西山한데 발은 부르트고 피곤하여 기갈이 심한지라.」

주점을 찾아 기식하고자 삼인이 서로 손을 잡고 촌촌 행보하여 시냇물도 주워 먹으며 주점을 찾아가더니, 饑度가 자심하여 암상에 앉아 쉬다가 소저가 눈을 들어 보니 북편으로부터 大江이 가로놓여 있고 강상에 어선이 왕래하거늘, 영춘에게 왈,

「저 강변에 인가가 있는 듯하니 거기로 찾아가 양식도 빌며 김공자의 종적을 알아 보자.」

하고 삼인이 한가지로 강변을 찾아가니, 인가는 없고 다만 어선뿐이라. 춘이 망극하여 왈,

「이곳에 인가가 없으니 소로를 찾아 촌가에 가 밥을 빌어먹고 내일 찾아 보사이다.」

소저가 천연 왈,

「이 몸이 곤하여 잠간 쉬어 가자.」

하고, 강변 바위 밑에 앉았거늘 설랑과 영춘이 한가지로 쉬더니, 홀연 소매에서 필낭을 내어 암상에 써 가로되,

「청주후인 장소저 설빙은 병진 추칠월 망일에 不孝無信을 무릅쓰고 이 물에 빠져 죽나니, 天地日月과 后土信靈은 불쌍히 아옵소서.」

쓰기를 마치고 나삼으로 낯을 가리며 강에 뛰어드니, 슬프다, 장소저 푸른 물 넓은 강에 깊이 들어갔으니, 강이 변하여 육지가 되기 전에는 소저 설빙은 다시 돌아오지 못할러라. 아깝고 아깝다. 空前絶後한 인물로 휘목 浮草같이 세상을 버렸으니, 소저의 情形이야 뉘라서 슬퍼하지 아니하리오. 한가지로 고생하던 설랑과 영춘이 발을 구르며 통곡하나 창파에 잠긴 혼이 어찌 알리오. 영춘이 구하지 못할 줄 알고 다시 상봉이 망연한지라. 부르짖어 통곡하여 왈,

「소저를 쫓은 지 거의 십여 년에 일시도 떠남이 없더니 금일 소비 등을 저버리고 혼자 어디로 가시나니이까. 이제 홀로 살아 무엇하리오.」

하고 물에 뛰어들고자 하거늘, 설랑이 또한 통곡하며,

「우리 삼인이 천하를 다 돌더라도 김공자를 찾아 소저의 평생을 제도하고 청운을 다시 볼까 하고 盡心竭力하여 다니다가, 이곳에 와 주인을 구하지 못하고 어느 면목으로 세상에 유하리오. 차라리 한가지로 죽어 혼백이라도 서로 떠나지 아니하리라.」

하고 언필에 붓을 들어 소저가 쓴 아래에 이어 쓰되,

「동월 동일에 유모 설랑과 영춘 시비는 주인을 쫓아 이 물에 한가지로 빠지나니, 일월 성신은 익히 살피소서.」

쓰기를 마치매 양인이 서로 손을 잡고 일시에 물에 빠지니 가련타! 삼인의 잔명이 일시에 스러지니 청천이 어찌 무심하리오.

이때에 汝南 땅에서 사는 李永燦이라 하는 사람이 벼슬이 參政에 거하였더니, 연장 칠십에 강산 풍경을 구경하고 돌아와 漁翁이 되어 고기 낚기를 일삼아 세월을 보

내더니, 마침 淸溪를 당하여 종자 수인을 데리고 一葉船에 어망을 치고 長江에 중류하여 玉笛를 희롱하더니, 이때는 마침내 단풍시절이라.

秋水에 잠긴 蒼松綠竹은 산천을 둘러 있고 백구는 翩翩 飛來飛去하니, 참정이 취흥으로 선창을 두드리며 漁夫辭 일곡으로 시일을 보내더니, 홀연 水上에 푸른 것이 떠 오며 愁雲이 사면에 둘렀거늘, 가장 고이히 여겨 바라보더니 船頭에 다다랐거늘, 자세히 보니 이는 곧 사람의 시신이라. 참정이 대경하여 종자를 급히 불러 건지라 하여 배에 올리고 보니 호흡이 끊인 지 오랜지라. 참정이 이미 구하지 못할 줄 알고 감창함을 이기지 못하여 나삼을 벗겨 옥면을 가리우고 손을 거두어 가슴에 얹으며 자세히 보니, 손목에 매인 것이 있고 향내가 자욱한지라. 고이히 여겨 살펴보니 푸른 깁 같은 것으로 병목을 매고 붉은 글씨로 썼으되,「喚魂酒」라 하였거늘, 급히 끌러 봉한 것을 열고 藥水를 입에 흘려 넣은 후 수족을 주무르더니, 이윽고 숨을 내어쉬며 몸을 뒤쳐 눕거늘 참정이 대희하여 인사 차리기를 기다리더니, 문득 또 보니 두 사람의 시신이 창랑을 쫓아 배에 닿았거늘, 참정이 또한 놀라 급히 건져 올린 후 살펴보니 가슴에 저으기 온기가 있거늘, 일변 놀랍고 다행하여 약수를 먹이려 하고 그 병을 찾으니 간 데 없거늘 크게 고이히 여겨 왈,

　「이는 반드시 용왕의 조화라. 어찌 기특치 아니하리오.」

하며 못내 탄복하고 드디어 자기의 환약을 내어 물에 타 두 사람에게 먹이고 종자로 하여금 수족을 주물러 깨우니, 이에 인사를 차렸으나 소저를 생각하고 느낌을 마

지 아니하더라.

소저가 기운이 희미하여 누웠더니, 사양머리 한 여동이 나와 이르되,

「부인은 이제야 고생과 액운이 다 진하였사오니 근심치 마시고 귀체를 보중하옵소서. 나는 남해 용궁의 시녀이옵더니, 오늘 부인의 명이 급하오매 왕명을 받자와 환혼주를 救療船에 가 얻어 부인을 구하옵고 돌아가나이다.」

하며 소매에서 대추 같은 것을 내어 주며 왈,

「이제 부인의 정신이 헌출치 못하시니, 이것을 먹으면 정신이 씩씩하리이다.」

하고, 곁에 놓인 병을 가지고 표연히 구름에 싸이어 가니, 그 종적을 아지 못할러라.

소저가 그 선약을 먹으니 기운이 청아하여 조금도 어지러움이 없거늘, 비로소 눈을 들어 살펴보니 집은 아니요 舟中의 사람이 분명하거늘, 마음에 헤아리되,

「일정 저 노인의 구함을 입어 살았도다.」

하고, 유모와 영춘을 생각하고 슬퍼 눈물을 금치 못하거늘, 참정이 천연 문왈,

「그대는 어떠한 사람이관데 청춘 소년이 厭世로 강중에 들어 屈原*의 자취를 좇고자 하느뇨.」

소저가 급히 일어나 사례하고 천연 대왈,

「소생은 남방 사람으로서 구태여 세상을 厭然的으로 여김이 아니요, 스스로 액운을 피치 못하여 이 지경에 이르렀삽더니, 의외에 대인의 好生之德을 입사와 잔명을 보존하오니, 재생하온 은혜 망극하여이다.」

---

*굴원 : 전국 시대 초나라 시인.

노인이 웃어 왈,

「이 또한 천명이라. 어찌 노부의 덕이라 하리오.」

하니 소저는 다만 사례하더라.

설랑과 영춘이 소저의 생존함을 보고 못내 기뻐 서로 반김을 못 이겨 서로 붙들고 失聲 流涕하니, 삼인의 곡성이 雲霄에 사무쳤으니 江水가 오열하고 行雲이 참담하여 진실로 철석 간장이라도 슬퍼 않을 이 없더라.

참정이 이로써 범인이 아닌 줄 알고 또한 비감하여 위로하며 흔연히 차를 권하여 안정하고 익히 보니, 얼굴을 단장하지 않았으나 백옥을 다듬은 듯하고, 兩眉에 맑은 샛별이 동방에 솟아난 듯 귀밑에 綠雲이 엉기었고, 丹脣皓齒 반념하여 細柳 같은 허리와 춘풍 기상이 늠름하여 짐짓 太姙*의 덕을 겸하였으니, 丹山의 봉황이라. 일점 塵態 없으니 어찌 인간의 사람에게 비하리오. 참정이 길이 차탄 왈,

「그대 姿色이여! 무슨 일로 玉京을 하직하고 인간에 내려와 榮辱을 지내다가 滄浪에 빠져 어육이 되고자 함은 무슨 연고뇨. 묻나니 居鄉이 어디며 성명은 무엇이며 令尊 公侯의 자는 뉘라 하느뇨.」

소저가 비회를 참고 안색을 自若히 하여 공경 대왈,

「소자는 전 이부상서 장자영의 아들이요, 이름은 秀晶이라 하나이다.」

참정이 대경 왈,

「그런즉, 승상 익주후 장원의 直孫인가.」

하니 소저가 놀라 왈,

「과연 그렇소이다. 대인이 어찌 알으시나이까.」

---

*태임: 주 문왕(文王)의 어머니.

참정이 차탄 왈,

「가석타, 내 張侯로 더불어 竹馬之情이 자별하더니, 내 벼슬에 뜻이 없어 조정을 하직하고 고향에 돌아와 산림에 처한 후, 서로 聲息이 끊어진 지 하마 십여 년이라. 매양 생각하되 만날 길이 없어 한탄하더니, 오늘날 그대를 보니 장후를 대한 듯 반가움을 측량치 못함일러라. 그러나 그대 무슨 연고로 이 지경을 당하였으며, 장후의 聲體는 어떠 하시뇨.」

소저가 눈물을 머금고 말을 못하다가 겨우 대답하여 왈,

「가운이 불행하여 수년 전에 가친이 소인의 참소를 입어 북해로 적거하신지라 반년 만에 적소에서 별세하씨니, 소자가 겨우 신체를 輸運하여 선산에 안장하옵고 삼년을 지낸 후 의지할 곳이 없사와 두 노복을 데리고 청천의 부운같이 정처없이 다니옵다가, 영주 지경에서 행장을 다 실패하옵고 할일없어 奴主 삼인이 물에 빠졌사오니, 어찌 살기를 뜻하였사오리이까. 창파의 고혼이 될 것을 대인의 河海之德을 입사와 재생하오니, 은혜 망극하옴이 백골 난망이로소이다.」

참정이 듣기를 다하매 추연 대왈,

「그 사이에 세사가 이렇듯 변한 줄 어찌 알리오. 그대 이제 어디로 향하고자 하느뇨.」

소저가 체읍 대왈,

「대인께서 가친과 故舊라 하시니 가친을 뵈온 듯 반갑사옵니다. 생의 향할 곳은 광풍에 낙엽 같사와 장강에 뜬 낙엽 같사오니 방향이 없나이다.」

하며 눈물을 흘려 비창함을 이기지 못하거늘, 참정이 또한 비회를 금치 못하여 눈물을 드리우며 위로 왈,

「그대의 말 같을진대 노부도 또한 고단한 몸이라. 내 집이 가난하나 그대의 외로움을 면할지니, 조금도 의려 말고 노부의 집에 가서 안돈하여 학업에 힘써 공명을 이루며, 천시를 기다려 先塋에 영화를 끼치면 또한 노부의 바램이니, 길이 생각하여 후한 정을 저버리지 말라.」

소저 일어나 사례 왈,

「대인의 말씀이 이렇듯 하시니 소자 각골 명심하여 후세 축원하리이다. 거처 없는 인생을 거두고자 하시니 어찌 사양하리이까. 천한 아이 배운 바 없이 생장하여 사람되옴이 庸愚하온지라 聲門에 의지하여 성덕을 더럽힐까 하오니, 존공께서 더럽다 아니 하시면 犬馬의 수고를 사양치 아니하리이다.」

참정이 대열하여 즉시 배를 돌이켜 언덕에 매고 강변에 내려 집으로 돌아올새, 후원 깊은 곳에 별당을 소쇄하고 張生을 안돈하고 내당에 들어가 부인께 장생 데려온 말을 이르고, 또 장생의 부인을 못내 칭찬하더라.

이때 소저가 다행히 집을 얻어 설랑 영춘으로 더불어 후원에 머물매, 참정이 이후로 장생으로 더불어 매일 고서를 의논할새, 생의 대답이 滔滔하여 말마다 靑天을 헤치고 대해를 건너는 듯 제왕의 흥망과 영웅의 득실을 역력히 통하니, 참정이 칭찬하여 왈,

「그대는 실로 고금의 명사요, 당세의 영웅이라. 노부가 말년에 종요로운 서생을 얻었으니, 족히 어두운 흉금을 열리로다.」

생이 배사 왈,

「대인이 소자를 이렇듯 愛恤하시니 불승황공하여이다.」

참정이 갈수록 두굿겨 주찬을 내오며 종일토록 담화하다가 야심하여야 파하니라.

이후로 소저는 책을 대하여 글을 힘써 詩賦(시부)를 지어 날을 보낼새, 세월이 여류하여 삼년을 지낸지라. 참정의 은근한 정과 상하 노소의 공경함이 태산 같아 죽기로써 은혜를 갚고자 하나 얻지 못할까 염려하더라.

일일은 참정이 나와 말씀을 나눌 제 술을 내어 즐기며 시를 지어 화답하더니, 술이 취하매 생의 한을 풀어 주며 자탄 왈,

「詩才(시재)는 青蓮(청련)*을 인도하고 풍채는 杜牧之(두목지)*를 이으니, 그대는 실로 絶倫(절륜)한 재사라. 張侯(장후)가 비록 죽었으나 고혼인들 즐겁지 아니하리오.」

손을 잡고 등을 어루만지며 가로되,

「내 만일 그대 같은 아들을 두었을진대, 비록 이제 죽어도 무슨 한이 있으리오.」

하며 자탄함을 마지 아니하거늘, 소저가 그 은덕을 감사하더라.

이미 일년이 지났으되 참정의 후대함이 한결같으니, 소저가 심중에 감격함을 이기지 못하여 다만 사례하여 왈,

「대인이 이렇듯 眷念(권념)하시니 소자의 복이 損(손)할까 하나이다.」

참정이 흔연히 웃고 왈,

「노부의 집에 머문 지 거의 朞年(기년)이라. 간담이 서로 비치나니 어찌 실정을 기이리오. 노부 금년이 칠십이라. 죄악이 지중하여 한낱 아들도 없고 다만 일녀를 두었

---

*청련 : 당나라 시인 이백(李白)의 호(號).
*두목지 : 중국 당나라 말기의 시인. 호는 번천(樊川). 시풍(詩風)은 호방하면서 또한 아름다움. 두보(杜甫)에 대하여 소두(小杜)라고도 함.

으나 얼굴과 행실이 고인에 미치지 못하나 군자의 巾
櫛을 받들 만한지라. 봉황의 노는 양을 보고자 하되,
마침내 여의치 못하여 매양 원이더니, 명천이 살피사
영웅을 지시하시니, 이제 그대를 버리고 누구를 취하
리오. 바라건대 깊이 생각하여 노부의 간절한 정을 저
버리지 말라. 또한 그대 쌍친이 구몰하시고 일신이 고
단한데 후사가 늦어 가니 인륜에 어찌 무심하리오. 청
컨대 쾌히 허락하여 부모의 제사를 받들고 單身을 위
로하라.」

소저가 이 말을 들으매 정신이 아득하고 기운이 沮喪
하여 능히 대답하지 못하고 침음 양구에 왈,

「소자가 부모 생시에 맹세하옵기를 공명을 이루기 전에
는 嫁娶를 아니 하려 하였으니, 천지 귀신이 이미 아
는지라. 이러함으로 불감하오나 대인의 明教를 받들지
못하오니 황공무지하여이다.」

참정이 이 말을 듣고 잠잠하다가 이에 흔연 대왈,

「일이 여차할진대 또한 쉽도다. 그런즉 그대의 급제도
掌中에 있나니, 노부의 뜻을 쫓을진대 지금은 초례만
행하고 득의한 후 성례함이 어떠하뇨.」

소저가 민망하여 낯빛을 고치고 가로되,

「聲教가 마땅하오나 또한 마음을 속임이라. 納采하오
면 피차 부부라. 어찌 성례 아니 하리오.」

말이 峻節하고 예의가 凜然하니, 참정이 가장 옳이 여
겨 칭찬 왈,

「노부가 간청하는 바는 그대의 공명을 재촉함이러니,
사세가 그러하면 강권치 못하려니와 급제 후에는 노
부의 뜻을 어기지 말라.」

소저 일어나 재배 왈,

「명교대로 봉행하리이다.」

하니 참정이 더욱 기뻐하더라.

광음이 신속하여 동절이 지나고 춘절이 돌아오니, 皇上이 인재를 擇用하고자 設科하는 조서를 반포하였는지라.

참정이 과거에 대한 기별을 듣고 생을 불러 왈,

「과거 소식이 정녕하니 생이 득의할 때라. 그대 이때를 잃지 말고 桂花를 꺾어 청운에 올라 洛陽 동풍에 錦衣를 부치며 천은을 축수하고 祖先을 빛내며, 나의 기약을 잊지 말라.」

소저가 배사 왈,

「과거가 박두하였으니 명교에 쫓아 빨리 감을 청하나이다.」

참정이 즉시 제구를 갖추고 한 필 청려에 행리를 차려 주거늘, 소저가 하직하고 청려를 타니 그 기상은 望月이 솟은 듯하더라.

차설, 김생은 장소저와 이별한 후 정회를 이기지 못하여 春風花雨와 夜月杜鵑의 草堂閑寢에 외로이 누웠으니, 소저의 혈혈 고단한 신세를 생각하여 때때로 금환을 내어 보며 長嘆으로 지내더니, 일일은 평장이 생을 불러 春風花月詩를 지으라 하니 생이 愁色 滿顔함을 보고 왈,

「네 무슨 연고로 울울한 愁懷를 두느뇨.」

생이 기이치 못하여 장소저와의 전후 수말을 고하여 왈,

「이제 종적을 탐지하여 성례코자 하나이다.」

평장이 웃어 왈,

「진실로 그러하면 오작이 봉황을 쫓지 아니하고 기린

이 牛羊을 따르지 아니하나니, 거처를 찾아 쉬 성례
하리니 그 무엇이 어려우리오. 너는 염려 말라.」

　생이 대희하여 행리를 수습하여 탁주로 정씨를 찾아가
니, 문전이 적요하고 장원이 퇴락하여 인적이 없거늘, 생
이 고이히 여겨 이웃 사람을 청하여 물으니 다 이르되,
　「정시랑은 棄世하시고　그 부인은 고적함을 견디지 못
하여 집을 버리고 탁군으로 갔다.」
하거늘 생이 대경하여 다시 문왈,
　「탁군을 찾아 언제 갔느뇨.」
　답왈,
　「그 부인의 外姪 유영을 찾아간 지 이미 수삼년이 되
었나이다.」
　생이 할일없이 집으로 돌아와 부모께 민망한 사정을
고하니, 평장이 가로되,
　「탁군으로 영리한 家人을 보내어 그 허실을 자세히 알
고 온 연후라도 늦지 아니하다.」
하시니, 생이 마음은 급하나 그 명을 거스르지 못하여 蒼
頭에게 당부하여,
　「탁군으로 가서 정시랑 부인 계신 곳을 자세히 알아 오
라.」
하고 보내었더니, 수월 만에 돌아와 보하되,
　「수년 전에 시랑 부인이 그곳에 간 것은 분명하고, 汝
南 소식은 듣지 못하였다 하더이다.」
하거늘, 평장 부부는 처연히 들으나 생은 낯빛이 변하거
늘, 평장이 생의 거동을 보고 행여 몸이 상할까 염려하
여 문득 정색 왈,
　「대장부가 세상에 처하여 가는 곳마다 집이 있고 집마

다 미색이라 하니, 어찌 한 여자를 위하여 수회를 두
느뇨.」

생이 황공 배사 왈,

「소자가 구태여 극히 위함이 아니오라, 그 여자는 진
실로 금세에 드문 여자라. 그 재색은 이르지 말고 행
실 효행이 姙姒*에서 지날 듯하오니, 그러할 뿐 아니
라 저의 隻身이 孤孤하여 의지할 곳이 없사오니, 생각
하오면 자연 愁懷를 금치 못하옵고, 또 지금은 소자로
인하여 節을 지키노라 행리를 조심하오리니, 만일 저
를 무심히 버려두오면 소자는 無信薄行之人이 될 듯하
오니 자연 심사 불안하오믈 깨닫지 못하였삽더니, 父
教 이렇듯 하시니 황공불승하도소이다.」

평장이 또한 애련하나 의기로써 착하시니, 생이 감히
生意치 못하더라.

차설, 鄭肅公은 奸臣이라. 일찍 평장으로 더불어 혐의
가 있는고로 평장이 하남을 버리고 영천으로 갔으니 장
소저의 소식은 더욱 묘연하더라.

생이 연연함을 참지 못하나 부모의 책망이 두려워 간
청하지 못하고 주야로 소저의 형용을 사모하여 해음없
이 은근히 병이 되어 食飮을 全廢하고 침석에 누워 심
사만 허비하여 형용이 수척하고 기운이 쇠진하여 병이
沈重하니, 부모 크게 근심하여 문왈,

「네 어디로 갔더냐. 무슨 일로 부모의 근심을 생각지
아니하고 몸을 돌아보지 아니하는다. 이제 네 병을
보니 風勢에 觸傷함이 아니라 안색이 초췌하고 형용
이 고고하여 미간에 시름이 가득하였으니, 네 장씨를

---

* 임사 : 주나라 문왕의 어머니 태임(太姙)과 아내 태사(太姒).

사모함이라. 실정을 기이지 말라. 내 너의 원을 쫓으
리라.」

생이 이 말을 들으매 감사함을 이기지 못하여 천연대
왈,

「부모님의 성교가 이렇듯 하시니 황공무지하옵거니와,
소자가 구태여 장씨를 위함이 아니오라 저의 일생이
고단함을 생각하오니 심정이 자연 불평하와 여러 날 晨
定을 못하오니 불효 막대하온지라. 대단치 않사오니 過
慮치 마소서.」

평장이 그 병을 짐작하고 행여 더욱 상할까 저어하여
좋은 말로 위로하여 왈,

「너는 염려 말고 쉬 일어나 두루 廣間하여 차차 인연
을 이루고 몸을 보전하라.」

생이 喜幸하여 사세하고 쉬 일어나니라. 근본이 장소
저를 찾지 못함으로 얻은 병이라. 부모의 허락을 받으니
마음이 쇄락하여 자연 수일이 못 되어 나으니라.

평장이 기뻐 생을 불러 이르되,

「네 진실로 저 장씨를 위할진대 참지 못할지니 속히 찾
아 보라.」

생이 有意하던 중 이 말씀을 들으매 滿心歡喜하여 사
례 왈,

「明教가 여차하시니 삼가 奉行하리이다.」

이튿날 행리를 차려 길을 떠날새, 부모께 하직하여 왈,

「소자의 가는 길이 早晚을 정치 못하오니, 염려 말으
시고 성체 안강하옵소서.」

하니, 부모가 아들을 대하여 쉬 돌아오기를 다시 당부하
더라.

생이 황금 백 냥을 가지고 청려를 타고 바로 탁군으로 가 유생을 찾아 물으니, 정시랑 부인의 일은 분명하되 소저의 종적은 없는지라. 생이 알 길이 없어 널리 찾더니, 문득 생각하되,

「저의 친척이 전혀 없고 의탁할 곳이 없으니 반드시 북해 적소로 갔도다. 그러나 만리 長程에 大江이 격하였으니 규중 약질이 어찌 득달하리오. 일정 도로에서 죽었도다.」

여러 가지로 생각하니 심사를 정하지 못하여 눈물이 옷깃을 적시니, 그 경상은 차마 못 볼러라. 시신이라도 찾으려 이튿날 발행하여 여러 날 만에 겨우 북해에 득달하니, 이미 日暮西山하고 원촌에 연기가 일어나니 더욱 수회를 금치 못하여 한 곳에 앉아 소저를 생각하더니, 이때 북해태수가 마침 나왔다가 생의 경색을 보고 가장 고이히 여겨 생을 불러 묻거늘, 생이 전후 수말을 고하니 태수가 張生의 喪具를 수호하여 보낸 말을 낱낱이 전하거늘, 생이 마음으로 헤아리되,

「行喪하여 감은 적실하니, 산소로 찾아가면 자연 알리로다.」

하고 나귀를 돌이켜 回程할새, 길이 탄식하여 왈,

「가석타, 소저여! 一隻單身이 無依無托인지라. 어디가 김희경을 생각하는고. 떠난 지 오래니 부모의 근심이 적지 아니할지라. 바삐 돌아가 근친한 후에 산소에 가 그 喪人을 찾아 물으면 일정 소저의 거처를 알리라.」

하고 노새를 짓쳐 돌아오더니, 오리는 와서 강변 언덕에 큰 바위 있고 그 아래 사람의 종적이 있거늘 살펴보

니, 별로이 유의하여 보고 싶어 자세히 보려 하여 노새에서 내려 두루 구경하더라.

차설, 김생이 노새에서 내려 잠간 쉬더니, 문득 눈을 들어 살펴보니 그 바위 위에 무슨 필적이 있는지라. 자세히 보니 血書로 썼으되,

「청주후인 장소저 설빙은 不孝無信을 무릅쓰고 병친 추칠월 망일에 이 물에 빠져 죽나니, 천지 일월과 后土神靈은 밝히 알으소서.」

하였고 그 아래 또 썼으되,

「동월 동일에 유모 설랑과 시비 영춘은 주인을 쫓아 한가지로 이 물에 죽나니, 일월성신은 알으소서.」

하였거늘, 생이 보기를 다하고 대경 실색하여 인사를 모르고 昏絶하였더니, 반향 후에야 인사를 차려 다시 보고 크게 통곡하여 왈,

「장소저 이곳에 와 죽도다. 불쌍하고 가련할사, 소저를 위하여 탁주군으로부터 북해 장정을 지척같이 다니며 찾되 마침내 아지 못하여 잠간 부모께 뵈워 思念을 덜고 다시 청주로 가 상서의 屍軀 輸運하여 온 사람을 찾아 물어 소저의 거처를 알고자 하였더니, 슬프다, 이곳에 와 소저의 옥 같은 정심이 萬頃蒼波에 어육이 될 줄을 어찌 알았으리오.」

하고 앙천 통곡하니, 산천이 또한 슬픔을 머금고 금수도 슬퍼하더라.

생이 비회를 금하지 못하여 행리에서 황금을 내어 여염에 내려가 팔아 제물을 갖추고 제문을 지어 제할새, 그 제문에 하였으되,

「모년 모월에 하남 김희경은 心肝에 쌓인 회포를 水中

孤魂이 된 소저께 고하나니, 오호 통재라! 천지가 생긴 후에 오륜이 일러 있고, 오륜 중 특별한 바는 부부라. 荊楚 객점에서 우연히 만나 일편 백옥으로써 한 짝 금지환을 바꾸어 三從을 언약하여 소저의 금석 같은 맹세는 후일 버리지 아니하기로 굳게 정하니, 생이 또한 간담을 들어 백년가기를 정하매, 천지 귀신이 명명히 알고 있는지라. 한 번 계화를 꺾어 청운을 밟을진대, 부모께 고하고 소저의 고단함을 위로코자 하여 한 번 이별이 애련하나 두 번 만남이 반드시 올까 하여 홀홀이 花容을 이별하고 경성으로 행할새, 촌촌 간장이 날로 스러지되 금낭에 일척 금환이 있으니, 일후 후회를 위로하여 일월을 보내며 결연한 회포를 이기지 못하여 玉面을 빨리 보고자 하여 부모께 고하고 탁주로 찾아가니, 종적이 끊여 바라던 마음이 일편 부운이 되어 공중에 흩어지니, 이에 실성하여 세사에 뜻이 없으되 소저의 빙옥 같은 마음이 무단히 남의 단심을 저버리지 않을까 의혹이 솟아나니, 천하를 다 돌더라도 종적을 찾고자 하여 마음을 정하고 사해를 두루 다니되 참지 못하여 다시 청주 본향으로 가려 하더니, 슬프다, 이곳에 와 꽃이 떨어지고 옥이 잠길 줄 어찌 알았으리오. 가련타, 청주서 이곳이 천리 밖이거늘 무슨 연고로 타향에 無主孤魂이 되었는고. 哀哉라, 바라던 마음이 속절없이 끊어지고 썩은 간장이 오늘 마저 스러지는도다. 처량하다, 소저는 무슨 일로 금석 같은 언약을 버리고 청춘 홍안에 속절없이 세상을 버려 김희경으로 하여금 만단수회를 끼치게 하느뇨. 옥수로 쓴 두어 줄 필적이 세상에 걸렸으나 운빈 홍안은 九原에 즈음하였

으니 花容이 이미 세상에 없어지고 洞房에 다시 만
남을 바라지 못할지라. 생이 이제 몸을 버려 소저의 뒤
를 쫓아 혼백을 위로코자 하나 高堂의 鶴髮雙親이 바
라는 바 생의 일신뿐이라. 이러하므로 잔명을 보전하
여 소저의 뒤를 쫓지 못하노라. 타일 구원에 가 서로
보기 부끄럽지 아니하리오. 그러나 하늘이 무너지고 땅
이 꺼질지라도 이 한을 씻지 못하리로다. 천지를 외치
며 슬피 통곡하니 만경 창파에 풍운이 일어나고 수운이
덮이는지라. 소저는 정녕 이러함을 알진대 나에게 영
혼이나마 자취를 비치소서. 오호, 尙饗이라.」

이르기를 다하고 크게 애통하니 기운이 쇠진하여 진
정치 못하더니, 이윽고 정신을 차려 다시 슬퍼하며 설
랑과 영춘의 충심을 더욱 哀慘히 여기더라.

길에 인적이 없고 원산에 푸른 연기 일어나니, 생이 비
회가 태산 같으나 부모의 기다리심을 생각하고 오래 머
무르지 못하여 노새를 짓쳐 집에 돌아와 부모께 뵈오니,
평장 부처 반기며 오래 그리던 정을 이르고 생의 기색을
보니 수색이 가득하고 안광이 수척하여 시름 많은 빛이
무궁하거늘, 평장이 매우 놀라 문왈,

「네 오래 부모를 떠나 다니다가 만났으니 정회 자못 깊
을진대, 어찌 즐기는 빛이 없고 도리어 얼굴에 수색이
가득하니 아지 못하겠구나. 무슨 연고 있느뇨.」

생이 척연히 말을 못하다가 오열하여 오래 묵묵하더니
겨우 정신을 수습하여 이에 장소저 죽은 사연과 유모와
시비도 한가지로 죽은 사연을 고하니, 놀라며 실성 체읍
하여 왈,

「불쌍하고 가련하다. 오죽 서러우면 청춘에 세상을 버

68

리고 滄浪의 魚肉이 되었으리오. 이리 됨이 도시 우리
의 불행이니, 이제 며느리를 바람은 그쳤도다.」
하며, 그 情地 차악함을 마지 아니하시니, 생이 부모의
誠心에 감격하여 슬픔을 辭色에 내지 아니하나 심중에
맺힌 한을 잊지 못하더라.
  이러구러 三冬을 지내고 춘절을 당하니, 나라에서 어
진 선비를 뽑고자 과거 보는 조서를 내리시니 평장이 이
기별을 듣고 생을 불러 가로되,
  「이제 장소저는 이미 죽고 네 嫁娶 늦어 가니 우리 근
  심이 적지 않은지라. 이제 들으매 과거를 뵈인다 하니
  네 속절없이 향촌에 묻혀 때를 잃지 말고 경성에 올라
  가 과거도 보며 石太夫를 찾아 편지를 전하고 어진 숙
  녀를 구하여 우리 마음을 위로하라.」
  생이 비록 장소저를 향한 마음이 태산 같으나 죽은 줄
을 분명히 알고, 또한 부모의 심려하심을 생각하여 흔연
대왈,
  「부모님 믿으시는 바 소자뿐이라. 남아가 어찌 죽은 사
  람을 위하여 수절하와 후사를 근심 아니 하리이까.」
  평장이 대희하여 즉시 일봉 서찰을 닦아 주니, 생이 명
을 받아 친당에 하직하고 경성으로 행할새, 荊楚 객점에
다다라 장소저를 생각하고 길이 탄식하여 왈,
  「풍경은 의구한데 가석타, 장소저는 어디로 갔는고.」
하며, 금낭을 열어 지환을 내어 어루만지며 탄왈,
  「불유주라 하였거늘, 너는 어찌 나의 낭중을 지켜 임
  자를 만나지 못하는고.」
하며, 눈물을 흘려 비회를 금치 못하더니, 날이 저물매
노새를 짓쳐 경성에 득달하여 석태부 집에 가 問候하고

서간을 드리니, 태부 못내 반기며 생의 손을 잡고 내당
에 들어가 관대하며 왈,

「평장과 매제의 서간을 보니 妊姒 斑姬 같은 숙녀를 구
하라 하였으나 현질의 풍채를 보니 반희라 할지라도
짝 되기 어려운지라. 어디 가 현질의 쌍을 얻으리오.」

하니, 생이 대왈,

「숙부께서 이렇듯 소질을 위하시니 불승감사하여이다.」

태부 칭찬하여 西堂에 머물게 하고 어진 숙녀를 구하
더니, 일일은 생에게 왈,

「현질을 위하여 배필을 구하되 뜻에 합당한 곳이 없더
니, 이제 좌승상 崔皓의 여자 자색이 當今에 제일이요,
덕행이 太妊을 압도한다 하니, 진실로 그러할진대 현
질의 쌍이로되 최공은 爵位尊重豐盛이 준엄하여 현질
의 寒微함을 꺼려하지 아니할 듯하니, 모름지기 이번
과거를 잃지 아니하면 그 뜻을 이룰 듯하리라.」

생이 소왈,

「과거는 진실로 소질의 掌中에 있삽거니와, 그러나 소
질이 평생 정하온 뜻이 있사오니, 비록 외람하오나 어
떤 여자라도 그 姿色을 먼저 구경한 연후에야 인연을
맺을지라. 바라옵건대 숙부는 소질을 위하여 최소저의
賢愚를 보게 하소서.」

태부 소왈,

「현질의 말이 迂闊*하도다. 여염가의 미천한 사람이라도
그렇지 못하려든 하물며 公侯貴家의 규수를 어찌 보리
오. 현질은 외람한 뜻을 먹지 말라.」

하니, 생이 염용 대왈,

*우활 : 실제와는 관련이 멂. 사정에 어두움. 주의가 부족함.

「소질의 천성이 고집스러워 한 번 정한 뜻은 고치지 못하는고로 진정을 고함일러니, 숙부께서 외람히 여기시니 불승황공하여이다.」

태부 깊이 생각하다 가로되,

「현질이 무슨 풍악을 배운 재주 있는가.」

생이 대왈,

「소질이 다른 풍악은 아지 못하오되, 어려서 遊山 갔삽다가 우연히 기이한 사람을 만나 거문고 타기를 잠간 배우니, 비록 嵇康*의 묘술은 없사오나 음률은 대강 짐작하나이다.」

태부 대희 왈,

「그런즉 현질의 뜻을 이룰 듯하니 아직 때를 기다리라.」

생이 그 연고를 묻자오니, 태우 소왈,

「금월 망일이 승상의 생일이라. 그날 여차하면 원을 풀듯하거니와, 그렇지 아니하면 閨中의 花容을 그림자인들 어찌 보리오. 현질이 능히 할소냐.」

생이 소왈,

「일이 비록 경박하여 군자의 도리는 아니오나 어진 숙녀를 구하여 부모께 孝養하고 奉祀를 지성으로 받들어 즐김은 인자의 도리로소이다.」

하니 태부 또한 웃더라. 이렇듯 그날을 기다리더니, 문득 시월 망일에 다다르니 태부가 의관을 정제하고 승상부중으로 행할새, 생에게 당부하여 왈,

「裝束을 여차여차하였다가 나의 명을 기다리라.」

생이 女聲으로 응낙하니라. 태부가 승상부에 이르니, 승상이 衆賓을 모으고 중당에 풍악을 베풀고 즐기다가

---

*혜강 : 진(晉)나라 사람. 죽림 칠현(竹林七賢)의 한 사람.

태부를 보고 서로 맞아 반기며 좌를 정한 후, 다시 가무를 베풀어 즐기더니 술이 반취하매 태부가 승상께 청하여 왈,

「금일 小弟(소제)가 명공의 盛宴(성연)을 同樂(동락)하와 승경을 구경하오니 불승과망이옵거니와 금일은 명공께서 즐기시는 날이로되, 소제가 다소라도 위로할 것이 없는지라. 소제에게 우연히 한 美唱(미창)이 있사오니 혜강의 後身(후신)이요, 伯牙(백아)*의 정령이라. 皓齒(호치) 가운데 구름을 머무르고 玉手(옥수) 끝에 봉황을 부르는 재주 있사오니 소제가 그 우인의 재주를 사랑하여 문하에 머물러 두었으니, 금일 盛宴(성연)에 여러 창기 보았으나 그 미장을 잠깐 불러 명공의 웃음을 돕고자 하나이다.」

하니, 승상이 대희하여 왈,

「현제가 나를 위하여 미창을 청하였으니 감사함이라, 어찌 사양하리오. 즉시 불러 연석의 광채를 도우소서.」

태부가 흔연히 동자를 보내어 그 미인을 데려오라 하니, 이때에 김생이 태부로 더불어 약속을 정하고 男(남)의 옷을 벗고 녹의 홍상에 雲鬢(운빈)을 단장하고 정히 태부의 명을 기다리더니 동자가 와 부르거늘, 생이 흔연히 단금을 가지고 동자를 따라 승상 부중에 다다라 중당에 이르니 승상이 主坐(주좌)하고 태부는 모든 제객과 더불어 좌우에 벌였는데, 唱女(창녀) 수십인이 단금의 단장으로 각각 춘색을 다투어 연석에 분분하니 玉京(옥경) 瑤池宴(요지연)에 모인 듯하더라.

생이 나아가 계하에 뵈오니, 승상이 명하여 당상에 자리를 주고 눈을 들어 보니, 秋眉華容(추미화용)이 芙蓉花(부용화)에 照陽(조양)을 띠었는 듯, 綠鬢紅顔(녹빈홍안)은 楚山(초산)에 흐르는 구름이 머물렀으

---

*백아 : 거문고를 잘 탔음.

니 일쌍 明眸는 秋天의 밝은 별이 돋았으며, 단순호치
와 百態俱備하니 衆賓이 다 눈을 보내고 모든 창녀가 넋
을 잃어 어찌할 줄을 모르더라.

승상이 대회하여 태부를 돌아보아 왈,

「이는 한나라 적의 昭君*이요, 당나라 때의 太眞*이라.
현제는 일찍 저런 사람을 구함이 없더니, 이제 어디 가
저런 미색을 얻어 왔느뇨.」

태우 潛笑 왈,

「우연히 그 재주를 사랑하고자 부름일러니, 명공이 이
렇듯 과장하시니 실로 羞愧하여이다. 그러나 그 재주
를 시험하여 보옵소서.」

승상이 그 미녀를 나아오라 하여 문왈,

「네 이름이 무엇이며 나이는 몇이며 누구의 여식인다.」

생이 가는 허리에 홍장을 끌고 취수를 부치며 蓮步를
가벼이 하여 염용 대왈,

「소첩의 이름은 초운이요, 자는 초연이요, 천한 나이
는 십육세로소이다.」

승상이 대소 왈,

「석일에 楚王이 朝雲暮雨하는 神女를 만나더니, 이제
이르러 네 이름과 재주 그에 마땅하도다. 또한 태부 네
재주를 과찬하니, 한 번 청함을 아끼지 말라.」

생이 속으로 웃음을 머금고 즉시 단금을 내어 섬섬옥
수로 太平曲을 내어 호치단순으로 竹枝詞를 부르니, 소
리 청아하여 반공에 솟아나니 行雲이 머무르고 丹山의
봉이 울며, 옥반에 진주 구르는 듯 淸音이 쇄락하니 만

---

*소군 : 왕소군(王昭君). 중국 전한(前漢) 원제(元帝)의 궁녀. 이름은 장
　　(嬙). 소군은 자(字). 절세의 미인이었음.
*태진 : 당나라 현종(玄宗)의 총비인 양귀비(楊貴妃)의 자.

좌의 제객이며 모든 창기가 다 정신을 잃고 기운이 어지
러워 말을 못 하고 승상이 또한 얼굴을 고쳐 묵묵하더니,
良久 후에 金扇을 드리치며 왈,

　　「내 나이 육순이 넘었으되, 이런 초태는 처음으로 듣
　　는도다. 아지 못하겠도다. 천신이 강림하여 나를 속임
　　이로다.」

　　생이 일어나 배사 왈,

　　「한 조각 곡조를 들으시고 어찌 이렇듯 慰藉하시니 황
　　공하여이다.」

　　승상과 제객의 칭찬에 도리어 대답하기 어렵더라.

　　이러구러 말이 차차 전하여 내당에 미치니, 승상 부인
이 모든 부인을 데리고 또한 잔치를 배설하여 즐기더니,
外軒에 한 명창이 왔단 말을 듣고 구경하고자 시비로 하
여금 승상께 청하니, 그 미인에게 이르되,

　　「내당에서 네 이름을 듣고 재주를 보고자 하시니 들어
　　감을 사양치 말라.」

　　생이 흔연 대왈,

　　「명교가 이러하오니 어찌 사양하오리까.」

하고, 인하여 시비를 따라 안으로 들어갈새, 살펴본즉 승
상 부인이 모든 부인으로 더불어 中堂에 좌를 정하였으니,
容光花裏에 紅裳이 照耀하여 宴上에 벌였으니, 이는 짐
짓 瑤池宴의 모임 같더라.

　　생이 불승환희하여 계하에 나아가 뵈오니, 부인이 청하
여 당상에 자리를 주고 눈을 들어 보니, 춘풍 화기와 월
태 화용이 사람의 넋을 놀래는지라. 진실로 돌 속의 옥
이요, 海中의 明珠로다. 만좌가 대경하여 어찌할 줄 모
르고 고이히 여기더니, 부인이 또한 정신을 잃어 어린 듯

취한 듯 묵묵하더니, 良久(양구)에 탄왈,

「아름답다. 세상에 어찌 이런 미색이 있는고. 그러나 귀한 소리를 잠간 듣고자 하나니, 품은 재주를 아끼지 말라.」

생이 염용 배사하고 단금을 내어 陽春曲(양춘곡)을 타며 옥음을 가다듬어 太平歌(태평가)*를 부르니, 그 곡조 청아하여 반공에 솟아나니, 승상 부인이며 모든 부인이 다 놀라 칭찬 왈,

「차인은 짐짓 飛燕(비연)의 精靈(정령)이요, 嵆康(혜강)의 後身(후신)이라. 그렇지 아니하면 세상에 어찌 이런 사람이 있으리오.」

만좌가 다 기리는 빛일러라. 모든 부인이 승상 부인께 청하여 가로되,

「금일은 盛宴(성연)이요, 겸하여 기특한 사람을 만나 세상에 없는 소리를 들으니 실로 혼자 듣기 아까운지라. 생각건대 소저가 별당에 혼자 있어 고적할 듯하오니, 청하여 한가지로 즐김이 가할까 하나이다.」

부인이 답왈,

「여아가 본디 이런 일을 좋아 아니 하는고로 생각지 아니하였더니, 이렇듯 眷念(권념)하시니 한가지로 참예함이 어찌 혐의 있으리오.」

즉시 시비로 부인 명을 전하여 왈,

「금일의 성연은 집안이 다 즐기는 날이라. 겸하여 名唱 女官(명창 여관)이 왔으니, 사양치 말고 나와 구경하라.」

하시니, 소저가 듣기를 다하고 奉命(봉명)하여 가로되,

「오늘날 성연을 당하여 원근 친척이 다 모였사오니 나아가 뵈옴이 당연하리오마는 마침 몸이 피곤하와 명교를 봉행치 못하오니 황공하여이다.」

---

*태평가 : 태평함을 구가하는 노래.

시비 아뢰니, 만좌가 다 서운하여 하고 생이 또한 마음에 앙앙하여 무엇을 잃은 듯하더니, 좌중의 최부인은 부인의 질녀라. 문득 부인이 일어나며 가로되,

「만좌가 다 저 나오기를 바라거늘, 무슨 병이 경각 사이에 그다지도 沈重(침중)하여 기동치 못하리오. 이는 반드시 佯病(양병)이라. 내 친히 들어가리라.」

하고 소저의 방중으로 들어가니, 소저가 서안을 의지하여 고서를 보거늘, 부인이 곁에 앉으며 웃어 왈,

「금일 성연은 집안의 지극한 경사인 줄은 姐姐(저저)도 아는 바요, 겸하여 여관이 왔으되 인물이 비범하고 재주 또한 기이한지라. 그러한고로 저저를 청한 바이거늘 구태여 사양함은 어찌된 일이뇨.」

소저가 염용 대왈,

「어찌 일호라도 칭병함이 옳으리이까. 마침 觸傷(촉상)하와 몸이 피곤하옵기로 나갔다가 添傷(첨상)할까 하였나이다.」

하니, 부인이 소왈,

「저저의 안색을 보니 춘광이 영롱하여 丹脣(단순)에 혈기 표표하고 반 점도 병색이 없거늘 촉상할까 칭하니, 이는 이른바 귀를 막고 방울을 도적함이라.」

하고, 인하여 소저의 손을 잡고 나가기를 재촉하니, 소저가 마음이 不悅(불열)하나 마지 못하여 한가지로 나올새, 중당에 다다라서는 최부인이 먼저 들어가 소저 나옴을 통하니, 승상 부인과 모든 부인이 가장 기뻐하며, 생이 또한 실심하였다가 못내 기뻐하더니, 문득 일쌍 차환이 앞을 인도하여 나올새 彩衣紅裳(채의홍상)에 蓮步(연보)를 가벼이 하여 자리에 다다르니, 모든 부인이 일시에 맞아 자리를 다시 정하는지라.

생이 만심 환희하여 몸을 일으켜 소저를 향하여 공손히 배례하고 물러앉아 추파를 흘려 소저를 보니, 구름 같은 綠髮이 玉面을 비꼈으며 태양이 처음으로 솟아난 듯, 양협은 추풍에 모란화 무르녹고 단순은 甘露에 새로 핀 도화 같고, 백설 같은 肌膚에 羅衫이 飄逸하고 細柳 같은 허리에 홍상이 香風을 동하니, 진실로 織女가 하강하고 姮娥가 월궁에 앉은 듯하니 가위 千古一色이라.

모든 부인이 다 嬋娟하여 반 점의 구차함이 없으나 이에 비하건대 明珠가 모래에 섞임 같고, 백옥이 塵土에 묻힘 같아서 짐짓 장소저와 쌍을 이룰러라. 생이 마음에 못내 탄복하며 모든 부인이 칭찬 아니 할 이 없더라. 이에 술을 내와 승상 부인께 올리니, 불승환희하여 희색이 가득한지라.

만좌가 다 즐겨 담소하는 소리 席上에 분분하였으되, 소저가 홀로 正襟端坐하여 아미를 숙이고 담소함이 없으니, 그 냉랭한 기색이 雪上의 寒梅 같아서 그 心肝을 측량치 못할러라.

생이 內念에 중당이 광활하여 소저가 나와 앉음을 탄복하더니, 승상 부인이 거문고소리를 소저에게 자세히 들리고자 하여 近座하여 앉으심을 명하니, 생이 가장 기뻐 단금을 안고 소저 앞에 나아가 앉으며 왈,

「소녀는 하남의 창기옵더니, 어려서 異人을 만나 거문고 두어 곡조를 배웠었사오나 금일은 아지 못하오니 황공하오나 듣자오니 소저께서는 혜강의 정령을 두어 음률에 정통하신다 하오니, 잠간 評論하와 가르쳐 주심을 청하나이다.」

하니, 소저가 명창이 왔음은 이미 들었으나 천성이 진

중하여 살핌이 없더니, 문득 눈을 들어 보니 冶態誠心이
眼光을 놀래고 秋眉丹頰이 정신을 크게 놀래는지라. 마
음에 헤아리되,
「내 일찌기 精粹를 보지 못하였더니, 이는 반드시 선녀
라. 唱流의 명색이 아깝지 아니하리오.」
한 번 보매 一面이 如舊라. 흔연 대왈,
「深閨의 약질이 어찌 음률을 알리오. 그러하나 그대 배
운 바를 듣고자 하노라.」
이에 생이 단금을 내어 한 곡조를 타니, 소리가 청아
하여 구름에 머무는 듯하니 좌중이 다 칭찬하되, 소저
홀로 기뻐함이 없어 가로되,
「唐晉王*의 破陣曲이라. 太宗이 기병하여 이 곡조를 지
어 삼군이 즐기게 하니, 비록 웅장하나 영웅 호걸이 천
하를 다투는 바요, 여자에게 불관하니 다른 곡조를 타
라.」
생이 또 다른 곡조를 타니, 소저가 척연 왈,
「이는 玉樹後庭花라. 陳後主가 張麗華로 더불어 즐기
다가 마침내 나라를 망하게 하였으니 이는 亡國調라,
반갑지 아니하니 다른 곡조를 타라.」
생이 또 한 곡조를 타니, 소저가 변색 왈,
「이는 霓裳羽衣之曲*이라 唐明皇*이 楊貴妃로 더불어
淸宮에서 이 곡조를 즐기다가 安祿山*의 난을 만났으
니, 이는 난을 짓는 곡조라. 불길하니 다른 곡조를 타
라.」

---

*당진왕 : 당 태종(唐太宗).
*예상우의지곡 : 악무의 이름. 당 현종이 지었다고 함. 신선을 노래한 무곡.
*당명황 : 당나라 6대 황제 현종(玄宗).
*안녹산 : 당나라 중기의 무장. 현종의 총애를 받았으나 후에 모반, 낙양을
　　　　　공략한 후 대연황제라 칭했으나 아들 경서에게 살해됨.

생이 또 한 곡조를' 타니, 소저가 낯빛을 고치며 옥수로 운빈을 어루만져 왈,

「아름답다, 이 곡조를 어려서 듣고 지금껏 잊지 못하더니, 그대 이런 기특한 곡조를 어디 가 배웠느뇨. 大舜*이 南薰殿에서 이 곡조를 타시며 만민의 疾苦를 염려하시며 太平盛代를 즐기던 소리라. 가히 들음즉하니, 다른 곡조가 있으나 이 곡조만 연하여 타라.」

생이 이윽히 타다가 그치고 염용 사왈,

「소첩이 비록 곡조를 배웠으나 이름은 모르옵더니, 소저에게서 밝히 가르치심을 입사오니 흉금이 쇄락하와 운무를 헤치고 청궁에 오른 듯하온지라 감사하옵거니와, 남은 바 한 곡조 있사오니 가르치심을 바라나이다.」

하며 또 한 곡조를 타니, 소저가 홀연 안색이 붉어지며 鳳眼을 드려 오래 보다가 아미를 숙여 부끄리는 빛이 있거늘, 생이 內念에 짐작하고 짐짓 가로되,

「실로 이 곡조를 모르오니 밝히 가르치소서.」

소저가 발연 변색 왈,

「나도 이 곡조를 처음 듣나니 아지 못하노라.」

하고, 문득 和氣 스러지고 秋霜이 일어나 냉기가 씩씩하더니, 이에 부인께 고왈,

「소녀 갑자기 몸이 불편하와 들어가나이다.」

하며 金粧을 들고 표연히 들어가니, 부인과 좌중은 이 기미를 모르고 실로 觸傷한가 근심하더라.

원래 이 곡조는 司馬相如*가 卓文君*을 유인하여 도망하던 鳳求凰曲이라. 생이 짐짓 모르는 체하고 소저의 심

---

*대순 : 순임금의 경칭.
*사마상여 : 중국 전한의 문인. 그의 시부는 화려하기로 유명함.
*탁문군 : 사마상여의 아내.

정을 시험함일러니, 소저가 기미를 알고 피하니, 생이 그
明鑑에 탄복하여 오래 있음이 불가하여 부인께 하직 왈,

　「소저께서 소첩을 사랑하사 오래 문답하시다가 축상
　하와 귀체 불평하다 하시니 불안하여이다. 황공하오나
　돌아감을 청하나이다.」

　부인이 애처로워 마지 아니하더라. 생이 하직 후 즉
시 외당에 나와 또 승상께 하직하니, 승상이 못내 칭찬
하고 황금 일백 냥을 賞賜하시되, 또 사양하여 받지 아니
하고 나오니, 좌중이 다 칭찬하더라.

　이러구러 석양이 되니 중빈이 다 흩어질새, 태부가 또
하직하고 돌아와 생을 부르니, 생이 黑巾靑衫으로 옥면에
웃음을 띠고 나와 뵈옵거늘, 태부가 웃어 왈,

　「현질이 변하여 일등 명창이 되고, 명창이 변하여 현
　질이 되니, 음양을 바꿈이 이같이 쉬우냐.」

하며 대소하니, 생이 또한 웃고 뫼셔 侍坐하니, 태부가
또 물어 왈,

　「這間 춘색이 어떠하더뇨.」

하니, 생이 소저가 評論하던 首末을 다 고하니, 태부가
대경 왈,

　「소저가 어찌 이렇듯 명철하던고. 그 자색에 대하여는
　들었으나 이러한 줄은 몰랐더니, 진실로 기특하도다.」

하며 각별히 칭찬하더라.

　생이 봉구황곡 타던 말을 또 펴고자 하다가 망령되이
여길까 두려워 종시 기이고 종일토록 말씀하다가 야심
후 초당에 돌아와 최소저의 용모와 재덕을 못내 사모하
며, 또 장소저를 생각하며 한탄하여 왈,

　「장소저가 살았던들 숙녀 한 쌍을 두고 즐길 것을 귀

　신이 사람의 자격을 시기하여 청춘의 원을 깨치도다.」
하며 탄식을 마지 아니하더라.

　차설, 최소저는 칭병하고 침소에 돌아와 크게 疑惑하
여 종일토록 수색이 가득하여 마음을 진정치 못하거늘,
시비 춘빙이 묻자오되,

「소저께서 금일 성연에 참석하신 후 수색이 만면하시
니 무슨 연고 있나니이까.」

소저가 沈吟良久에 왈,

「너도 보았거니와 오늘 彈琴하던 女官이 일정 수상하
매 나갔던 일을 후회하노라.」

춘빙이 위로 왈,

「그 사람은 본디 석태우 댁 歌人이오니 의심치 말으소
서.」

소저가 또 가로되,

「분명 한 蜂蝶이 花香을 찾아 다녀 봄이라. 그렇지 아
니하면 구태여 봉구황곡을 타리오.」

춘빙이 그 연고를 묻자오니, 소저가 慨然 왈,

「그 미인이 처음에 여러 곡조를 타다가 대순의 남훈곡
을 타거늘, 가장 좋이 여겨 다른 곡조를 구하지 아니
하되 자원하여 또 한 곡조를 타니, 이는 鳳이 천하를
두루 다니며 凰을 구하되 만나지 못하더니, 이에 만나
즐기는 소리라. 내 가장 놀라 자세히 보니, 그 미인이
비록 절묘하나 기운이 웅장하고 소리 가운데 은연히 天
地造化를 품었으니, 반드시 여자가 아니라. 내 남의 계
교에 빠짐이니, 실로 낯을 들어 待人함이 부끄럽도다.」

춘빙이 또한 의혹하여 서로 慨歎함을 마지 아니하더니,
부인이 들어와 문왈,

「네가 촉상하다 하여 극히 염려되더니, 쉬 나은가 보
니 다행하도다.」
소저 대왈,
「갑자기 무슨 병이 오래 있으리이까.」
승상이 웃어 왈,
「어찌 갑작스럽다 하느뇨.」
하니, 문득 춘빙이 여쭈오되,
「소저께서 狂鳳(광봉)의 그림자가 방에 일어남으로 놀란 기
운에 불평하시더니, 이제 쾌차하였나이다.」
승상이 그 곡절을 알지 못하고 다시 묻되, 춘빙이 다
시 고하니, 승상 부처 크게 의혹하여 오래 말씀을 내시 아
니하시더니, 소저가 염용 대왈,
「그 미인의 얼굴이 수상할 뿐 아니오라 봉황곡을 타오
니, 다만 나갔던 일이 한탄이로소이다.」
승상이 웃어 왈,
「이는 불과 경박한 자의 행실이라. 너는 그릇됨이 없
으니 어찌 혐의하리오. 그러나 그 미인이 간 곳이 없
으니, 내 석태부를 보고 물어 보리라.」
하고 즉시 석태부의 집에 가니, 태우가 맞아 반기며 왈,
「명공이 陋舍(누사)에 왕림하시니 불승감사하여이다.」
승상 왈,
「일전에 宴上(연상)에서 들었던 도인의 거문고를 잊지 못하
여 다시 듣고자 왔나니, 청컨대 잠간 청하소서.」
태우가 대경하여 미처 대답할 말을 생각지 못하더니,
이윽고 대왈,
「不關(불관)한 소리를 명공께서 이렇듯 眷念(권념)하시니 감격하거
니와, 표연히 연석을 떠나던 날 고향으로 갔사오니, 승

상의 권념하심이 속절없도소이다.」

승상이 소저의 말을 들었는지라, 가장 의심하여 실로 정히 찾고자 하더니, 태부가 推託함을 보고 더욱 의혹하여 왈,

「그러면 언제나 또 오리이까.」

태부 소왈,

「越禽이 鳥籠을 버리고 산으로 갔으니, 즐겨 다시 오기를 바라오리이까.」

승상이 또한 거절함을 의혹하여 다시 말을 아니하더니, 문득 한 소년이 밖에서 들어오다가 피하여 나가거늘, 승상이 문왈,

「저는 어떠한 소년인고.」

태부가 마음에 몹시 황급하나 辭色치 아니하고 왈,

「이는 소제의 생질일러니 마침 다리러 왔나이다.」

승상 왈,

「그런즉 상서 김후의 아들이니까.」

태부 왈,

「그렇소이다.」

승상이 그 風度를 사랑하여 보기를 청하니, 태부가 마지 못하여 생을 불러 승상께 뵈오라 하니, 이제 생이 마침 나갔다가 무심히 들어오던 차에 태부가 승상으로 더불어 앉았음을 보고 황망히 피하여 나가더니, 문득 부르심을 명하여 들어가 예를 뵈옵고 태부의 곁에 앉으니, 승상이 한 번 보매 明眸 花容이 원근에 照耀하고 陽春이 白日을 떠었으니 진실로 범상치 아니할러라.

승상이 대경하여 다시 보니 前面에 보던 낯이 있거늘, 가장 고이히 여겨 태부를 돌아보아 왈,

「현질은 곧 人中 豪傑이라. 세상에 미칠 이　없으리로다. 연이나 일찌기 心裏에 맺은 바 없으되　어쩐지 반가움이 있는 듯하니 어쩐 연고인가.」

태부 미소 왈,

「평생에 처음이라, 어찌 구면이 되오리이까.」

하며 대답하나　웃음을 금치 못하여 일행이 대소하니, 생이 또한 옥면에 웃음을 머금고 태부를 보며 수상한 기색이 있거늘, 승상이 크게 의혹하여 눈을 들어 태부와 생을 보며　아주 오래 주저하다가 확연히 깨달아 무릎을 치며 대소 왈,

「일정 전일 宴上에 왔던 소년이 아니냐.　어찌 모르는체하며　명교를 버리고 방탕함을 일삼아 세상에 속임이 이렇듯 심하뇨.」

하니, 생이 황겁하여 옥면에 紅光이 가득하여 대답할 말이 없고, 태부 또한 묵묵하다가 크게 웃어 왈,

「명공이 어찌 실성하심이 이러하시리이까.　이　아이는곧 김평장의 아들이요, 나의 생질이라. 黑巾青衫이 완연하거늘, 어찌 남녀를 분변치 못하시니이까. 이는 소년의 자색을 못 잊어 이렇듯 相思를 얻어　안정치 못하심이니, 소제 또한 근심이라. 그러하면 사정을 어찌 일찍 허하지 아니하시니이까.」

승상이 이에 金扇을 들어 태부를 치며 앙천 대소 왈,

「내 이미 밝히 알았느니, 그대 어찌　사람을 속이느뇨. 전일의 素娟은 금일의 金生이라. 내 그대의 계교에 빠졌거니와　그대는 명철한 군자라. 방황하는 아이의 청을 거절하지 아니하고　도리어 경박한 행실로 남의 도장을 엿보니, 이것이 무슨 군자의 도리뇨.」

하니, 태부가 이미 기이지 못할 줄 알고 정색 대왈,

「명공의 거울이 천리에 비치었으니, 소제가 어찌 추호라도 기이리오. 평장이 벼슬을 버리고 고향에 내려간 후로 姪兒*를 낳으니, 천성이 俊邁하여 行事가 기이하매 행여 봉황이 오작과 결연할까 하여 소제에게 보내고 숙녀를 널리 구해 주기를 청하는고로 두루 廣問하더니, 문득 듣사오매 명공이 여아를 두었으되 姙姒의 덕향과 감양의 자색이 있다 하오매 구혼코자 하오되 외람히 여기실까 주저하옵더니, 질아가 人倫에 빼어난 도량이 있는지라 아무 여자라도 보지 못한 여자는 취하지 아니하려 할새, 그 외람함을 책하나 그 뜻을 막지 못하여 주저하더니, 마침 명공의 聖聰을 가리오니 황공하여이다. 그러나 매파를 보내기 不敢하온지라. 요행으로 桂花를 꺾어 공명을 이룬 후 명공의 사랑하심을 입을까 하였더니, 뜻밖에 행적이 탄로나니 不勝羞愧하여이다.」

승상이 듣기를 다하매, 여아의 총명함을 심중에 탄복하나 또한 김생의 優人함을 측량치 못하리로다. 봉이 황의 짝일러라. 어찌 허물이 있으리오. 크게 웃어 왈,

「평장이 나와 더불어 同年 붕우요, 나의 知音이라. 또한 門戶도 相敵*하니 어찌 외람함이 있으리오. 그대의 뜻이 이러할진대, 明姪의 공명은 그 掌中에 있으리니 족히 근심치 아니할지라. 속히 택일하여 東廂*의 표함을 맺으라.」

태부가 불승환희하여 이에 치사 왈,

---

*질아 : 조카.
*상적 : 양편의 겨누는 실력이 서로 비슷함.
*동상 : 새 사위를 일컫는 말.

「명공의 후은이 이렇듯 하시니 어찌 감사치 아니하리오. 언약을 굳이 정하오니 불승황공하여이다.」

이에 김생을 나오라 하여 손을 잡고 웃어 왈,

「방탕한 아이의 장난질이 이런 외람한 의사를 행하여 어른을 속이는다. 그때에 명창의 이름은 초운이요, 자는 소연이라 하니, 소연으로 꾸미기 어찌 그리 쉬우며 羅裙紅裳을 어디 두고 녹포 청삼을 부쳤는다. 족히 네 죄를 용납치 못할 것이로되 내 천성이 소활하여 개의치 아니하였나니, 이후는 다시 방탕한 의사를 두지 말라. 연이나 나의 여아는 네 이미 본 바이라. 족히 욕됨이 없으리니 백년을 서로 저버리지 말라.」

하고 설파에 박장대소하니, 생이 일어나 배사 왈,

「대인이 소생의 庸愚함을 개의치 아니하시고 이렇듯 眷念하사 방탕한 죄를 용서하시니 불승황공 감사하온 중, 겸하여 생의 寒微함을 허물치 아니하시고 東廂으로 유의하시니 지극 감격 무지로소이다. 군자가 어찌 신의를 저버리고 무신 불의를 행할 바 아니오니, 명교가 이에 미치오니 置身無知로소이다.」

말마다 준절 씩씩하여 태부의 기꺼움과 승상의 사랑함을 측량 못할러라.

날이 저물매 승상이 부중에 돌아와 내당에 들어가 부인께 김생의 말을 전하니, 부인이 또한 놀라며 칭찬하나 그 흉중의 속으로는 한탄하며,

「여아의 말이 美麗하고 김생의 화려 방탕함이 또한 여차하니, 여아의 일생이 고단하리로다.」

하며 오히려 근심하거늘, 승상이 소왈,

「이는 짐짓 풍류 閑事라. 어찌 방탕하다 하리오. 금번

사정을 들은즉, 자연 방탕한 뜻을 낼 만한지라. 부인은 의심치 말으소서. 오늘 그 위인을 보아하니 끝내 한 여자로 늙은 기상이 아니로되, 또한 그 賢哲(현철)함이 부귀로 하여 믿음을 저버릴 사람이 아니라. 이러하므로 나의 뜻을 이미 정하였나니, 부인은 疑慮(의려)치 말으소서.」

하니, 부인이 비록 不悅(불열)하나 할일없어 서로 기뻐하더라.

이때 소저는 바야흐로 난간을 의지하여 앵무를 희롱하더니, 춘빙이 들어와 고하되,

「소저의 밝으심이 일월 같도소이다. 전일 宴上(연상)에서 거문고를 타던 미인이 석태부의 외질이요, 하남의 김생이라 하더이다.」

소저가 대경 문왈,

「네 어찌 아느뇨.」

춘빙이 승상의 말씀을 전하고 또 결혼 약속을 전하니, 소저가 더욱 놀라 다시 말을 아니 하고 침소로 돌아오니라.

차시에 석태부는 혼인을 정하여 즉시 택일하여 예를 행코자 하여 일변 영천으로 기별하여 평장을 기다려 성례코자 하더니, 황상께옵서 마침 평장의 재주를 사랑하여 도로 복직시키시니, 평장이 承命(승명)하나 벼슬에 뜻이 없어 사양코자 하다가 마지 못하여 가족을 거느려 경성에 올라가 황제께 肅拜(숙배)하오니, 상이 가장 기뻐 금은 채단을 많이 상사하시니, 평장이 사은하고 물러와 석태부의 집에 돌아오니 태부와 부인이 생으로 더불어 맞아 서로 반김을 이기지 못하는 중, 희경의 혼인이 完定(완정)됨과 그 奸智(간지) 낸 설화를 베풀어 회회 담소하며 못내 즐거워하는 중,

태부를 향하여 무수히 치사함을 마지 않으니, 태부 미소
왈,

「이는 다 질아의 특이함 때문이요, 형의 복이라. 어찌
치사를 받으리오.」

하더라.

즉시 택일하여 행례할새, 생이 玉顏瑩風(옥안영풍)에 길복을 갖
추고 金鞍白馬(금안백마)에 한가로이 나아갈새, 그 위의 거룩하더
라.

최부에 이르러 하늘께 謝拜(사배)하고 花席(화석)에 나아가 交拜(교배)를
파한 후에 눈을 들어 소저를 보니, 옥빈 홍안에 百態俱(백태구)
備(비)하여 그 夭夭 貞靜(요요정정)한 거동이며 화려한 모양은 이루
측량치 못할러라.

생이 한 번 보아 심신이 황홀하여 如醉女狂(여취여광)일러니, 인
하여 洞房(동방)에 나아가 상을 나누고 외헌에 나아가니 만좌
가 다 칭찬하더라.

이윽고 밤을 당하매 신방에 들어가니 소저가 일어나
맞거늘, 피차 동서로 자리를 정하니 시비가 錦窓(금창)을 지
우거늘, 촛불을 끄고 소저의 纖手(섬수)를 끌어 침석에 나아가
니, 양인의 魚水之樂(어수지락)이 탁탁하더라.

생이 최씨를 취하니 평생 소원을 이뤘는지라. 부부 화
락하고 효양부모하여 세월을 보내더니, 광음이 신속하여
明春(명춘)을 당하였는지라.

황제께서 여러 번 설과하되, 인재를 택출하지 못하시
어 한하시더니, 일일은 太史官(태사관)*이 주달하되,

「이 사이 천문을 보오니 文昌星(문창성)이 장안에 비치었사오
니, 일정 기이한 사람이 있는지라. 이러므로 아뢰나이

---

*태사관 : 천문 등을 맡아 보던 관리.

다.」

하거늘, 상이 가장 그러이 여기사 즉시 設科하시며 천
하의 선비를 다 모으고 春慶殿에 殿坐하사 글제를 걸었
으되, 글제가 어려운지라. 李杜의 문장과 王子敬*의 七寶
書才라도 능히 발하지 못할지라. 모든 선비가 筆硯을 거
두고 돌아가는 자가 무수한지라.

생이 場中에서 구경하며 모든 선비의 용렬함을 그윽히
웃다가 殿上에 북소리 울리거늘, 이에 필연을 내어 일필
휘지하여 순식간을 지어 바치고 두루 방황하더니, 문득
전상으로부터 글 두 장을 먼저 批點에 휘장하여 부르는
소리 전상이 진동하는지라.

만장한 유생들이 놀라며 칭찬하고 다투어 구경할새, 이
는 김생과 장소저의 지은 바이라. 句句貫珠요, 字字珠玉
이라. 龍蛇飛騰하여 귀신을 놀래는지라. 제생이 모두 다
탄복하며 어찌할 줄을 모르더라.

이윽고 황제께서 좌우를 돌아보아 가로되,
「이는 반드시 天神이라. 인세에 어찌 이런 재주가 있
 으리오. 짐이 처음에는 한 사람을 뽑고자 하였더니 이
 글 두 장이 별로 優劣이 없으니, 짐이 결단치 못하겠
 으니 경들은 상의하여 결단하라.」
하시니, 제신이 일시에 나아가 보니 文體 황홀하고 의사
가 활달하여 추호도 흠이 없는지라. 제신이 다 緘口無言
일러니, 승상 최후가 주왈,
「양인을 불러 인재를 취함이 마땅할까 하나이다.」
 상이 옳이 여기사 즉시 두 사람을 引見할새, 秘封을 拆
見한즉 하나는 하남의 김희경이요, 하나는 청주 장수정

------

*왕자경 : 동진의 서예가.

이라. 부르는 소리 전상이 진동하는지라.

이때에 양인이 글을 바치고 나왔더니, 호명함을 듣고 나아갈새 양인의 기상이 風度絶倫하여 李杜의 풍채를 가졌더라. 양인이 한가지로 나아가 伏地하여 서로 보며 말을 내지 못하더니, 상이 인견하시고 칭찬하사 왈,

「세상에 어찌 왕자경이 있으며 杜工部*의 쌍이 있는고. 진실로 하늘이 짐을 도우사 이 두 사람을 냈도다. 이는 짐짓 국가의 萬幸이라. 어찌 기쁘지 아니하리오. 짐이 처음에 한 사람을 취하고자 하였으나 이제 두 사람을 부름은 그 위인을 보아 정하고자 함일러니, 양인을 보니 당당한 柱石之臣이라. 실로 둘 다 버리지 못할지라. 양인을 한가지로 쓰려 하나니, 경들의 소견은 어떠하뇨.」

제신이 감히 막지 못하여 일시에 여쭈오되,

「폐하께서 주석지신을 얻사오니 국가의 만행이로소이다.」

상이 대열하사 양인에게 벼슬을 제수하실새, 김희경으로 翰林을 시키시고 장수정으로 文淵閣 太學士를 시키시니, 양인이 일시에 사은 숙배후 물러 나올새, 양인이 玉顔瑩風에 桂花를 꽂고 青衫을 부치며 궐문 밖에 나오니 관광하는 사람마다 칭찬 않을 이 없더라.

한림이 內念에 헤아리되 父名이 子永이라 하였으니, 장소저를 생각하고 정히 학사를 돌아보아 말을 묻고자 하니, 평장과 최승상이 계신고로 사담을 못 하고 각각 집으로 돌아오니라.

차시 석부인이며 일가 제족이 못내 기뻐하더라.

---

*두공부 : 당나라 시인 두보(杜甫).

차설, 장소저는 설랑 영춘 등으로 더불어 경성에 유하
여 과장을 기다릴새, 나라에 연고가 있어 退科하매 정
히 내려가고자 하더니, 太學 선비들이 소저의 재주를 사
랑하여 머무르고 보내지 아니하니 奴主가 託舘에 유하
다가 明春을 당하매 다시 設科令이 반포될새, 소저가 장
중에 나아가 필연을 내어 다시 생각하되 몸이 여자라. 부
친의 원을 씻을 길이 없으니 요행으로 參榜하면 雪冤할
까 하고 글을 지어 바쳤더니, 수유간에 호명소리 들리
거늘 자세히 들으니 자기 이름이라. 혼연히 天陛에 나아
갈새 김생도 동참하였는지라. 김생으로 더불어 한가지
로 천폐에 이르러 복지하며 소저가 잠간 보니 一面이 如
舊하여 자못 반가움이 무궁하나 辭色치 아니하였는지라.
　상이 인견한 후 大讚하시고 文淵閣 太學士를 제수하시
니, 사은하고 물러나와 김생과 동행하여 정회가 가장 탐
탐하되 서로 묻는 말이 없이 총총히 돌아가며 먼저 接
談이 불가하여 여관으로 돌아오니, 설랑과 영춘 등이 놀
라 맞으며 눈을 들어 보니 소저가 바야흐로 머리에 桂花
를 꽂고 몸에 靑衫을 부치며 손에 玉笏을 잡으사 완완히
들어오니 당당한 명사라.
　춘 등이 마음에 대경하여 그 光榮됨을 간하고자 하나
춘풍이 번화하여 감히 말하지 못하고 寂寥함을 기다리더
니, 이에 제인이 다 흩어지니 학사가 촛불을 밝히고 서
안을 의지하여 그윽이 사념하는 빛이 있거늘, 춘 등이 나
아가 가만이 여쭈오되,
　「소저께서 처음에 이곳에 향하심은 다만 김생의 종적
을 탐지하며 일시 관광코자 함이러니, 이제 어찌 한 曲
節로 짐짓 丹桂를 꺾어 玉階를 밟으시니 아지 못하겠

나이다. 내롱을 어찌하려 하시나이까.」

학사가 추연 대왈,

「이는 나의 본의가 아니라 부득이 이리 함은 부친의 원을 풀고자 함이요, 선산에 나아가 부모의 혼령을 위로하면 비록 죽더라도 무슨 한이 있으리오.」

이제 김생이 同榜科擧하여 한림에 있음을 이르니, 춘등이 또 문왈,

「전일의 成約을 어찌하려 하시나이까.」

소저가 미소 왈,

「김생이 비록 장안에 馬耳鏡을 걸었으나 실로 나를 모를 것이요, 분명 찾을 일이 있으리니, 내 또한 대답할 말이 있을 것이니 전일의 성약은 저버리지 아니하리라. 너희는 너무 근심치 말라.」

이러구러 밤이 깊었는지라. 학사가 촉을 밝히고 冤情을 지어 날 새기를 기다려 궐하에 나아가 글을 올려 상서의 伸冤을 이르고, 또 고향에 돌아가 부모의 고혼을 위로할 것을 아뢰니, 상이 보기를 다하시고 그 정회를 감창하사 장공으로 靑州侯를 追贈하시고 즉시 원사하였음을 특별히 사하시고, 一朔의 말미를 주시며 속히 돌아와 짐을 도우라 하시고 겸하여 상서의 정령을 위로하사 금은을 많이 상사하시니, 학사가 천은을 축사하고 물러나와 행장을 차리더니 문득 보하되, 김한림이 오신다 하거늘 학사가 의관을 정제하고 들어오심을 청하니, 한림이 들어와 예를 마치고 좌정 후 서로 交道를 맺어 회포를 나눌새, 한림이 칭사하여 왈,

「듣자오니 令尊께오서 애매히 絶域冤死하시니 諸相이 한탄 않을 이 없더니, 이제는 賢兄이 천은을 입사와 신

원하시고 厚爵(후작)을 받으시어 족히 효심을 이루시니 상서의 혼령이 즐기실지라. 그윽이 그 정성에 탄복하거니와 전일에는 현형이 계심을 듣지 못하였는데, 이제 보니 세상 사람이 虛言(허언)을 하였던가. 그러나 尊大人(존대인)이 북해로 가실 제 뒤를 좇지 아니하심은 어찌된 연고시니이까.」

학사가 탄왈,

「형이 어찌 다 알으시어 이렇듯 眷念(권념)하시니 불승감사하며, 어찌 정회를 일호라도 기이오리까. 소제의 부모가 말년에 소제를 낳으시니 지극히 사랑하사 애지중지하시더니, 일일은 觀相道人(관상도인)을 뵈오니 短命(단명)하다 하며 남을 주어 기르라 한즉, 두 살에 여남 땅의 李參政(이참정)에게 양육을 청하니, 참정이 또한 무자함으로써 소제를 거두어 기르시며 根本(근본)을 기이기에 몰랐더니 부친이 棄世(기세)하시매 그제야 天倫(천륜)을 찾지 못하여 絶域冤死(절역원사)하신 말이며 自初至終(자초지종)을 이르시니, 소제가 비로소 그 말을 듣자오매 天地罔極(천지망극)하고 심장이 오그라지는지라. 죽기로써 북해에 득달하여 屍軀(시구)를 수운하와 선산에 안장하고 삼년을 지낸 후, 萬死餘生(만사여생)을 지금껏 부지하였더니, 마침 과거를 당하오니 일정 天運(천운)을 바라지 못하오나 요행 參榜(참방)*하면 부친의 유한을 씻을까 하였삽더니, 명천이 감동하사 소제의 첩첩 쌓인 소원을 풀었사오니 죽어 지하에 가도 한이 없도소이다.」

이러구러 말이 장차 길었으니, 서로 肝膽(간담)을 비치어 정의가 자못 깊은지라.

한림이 보매 장소저의 모습이 학사와 彷彿(방불)한지라.   연

---

*참방 : 과거(科擧)의 방목(榜目)에 자기 성명이 끼어 실림.

94

연한 마음을 금치 못하여 은근히 소저의 말을 물으니, 학사가 짐작하고 대왈,

「妹娘이 부친을 찾아 북해로 행하다가 중로에서 몸을 버려 창랑에 어육이 되었다 하오나 지금까지 찾지 못하오니, 일편 冤懷를 금치 못하여 실정을 고하나이다.」

설파에 첩첩한 수회를 진정치 못하여 두 줄기 눈물이 옷깃을 적시거늘, 한림이 듣기를 다하매 感愴함을 참지 못하여 이에 소매로 낯을 가리우고 오열 차탄하며 슬픈 눈물이 衣襟을 적시니 春風 花柳 같은 안색이 문득 변하여 癡癡懯懯하거늘, 학사가 中心에 그 신의에 감격하여 안색을 고치고 이에 몸을 굽혀 사왈,

「형의 우연한 물음에 답하기 위해 實情을 펴 이렇듯 傷懷하시니 不勝感謝하여이다.」

한림이 良久에 말을 못하다가 겨우 정신을 차려 가로되,

「현형이 진정을 다 말씀하시니, 소제 또한 中心에 쌓인 회포를 어찌 기이리오. 소제가 저간에 有事하여 경성으로 행할새 荊楚 객점에 다다라 쉬더니, 우연히 한 행차를 만나오니 과연 형의 말같이 행색이 草草*한지라. 다만 유모와 시비를 데리고 가다가 주점에 유할새, 私處의 사이가 머지 아니한지라. 그 시비 영춘이 소제의 庸劣한 위인을 그릇 사모하여 혼인을 정하고 소제를 여차하차하오매 그 마음을 짐작하오니, 영춘의 정성이 실로 기특하온 중, 그 虞人이 소제의 말을 失期치 아니하온지라. 소제가 외람함을 잊고 성약을 정할새 이는 天倫大事라. 졸연히 시비의 말만 듣고 믿음을

---

*초초 : 간략한 모양. 바빠서 거친 모양.

지킴이 불가하여, 비록 예는 아니오나 令妹의 兪音을 들어 정하자 하니, 영매는 當今의 숙녀라. 대의를 정함에 어찌 俗態가 있으리오. 순순히 허락하고 춘랑을 들여 소제의 庸愚함을 개의치 아니하고 三從之義를 완정하니, 소제가 그 활달함에 항복하고 信을 표할새, 소제가 일편 書證으로 一隻 金環과 바꾸어서 서로 백년 기약을 길이 맹세하니, 천지의 귀신이 명명히 證參하는 바라. 소제는 영매의 단심을 반석같이 믿삽고, 피차 行客이므로 지체할 길 없사와 영춘 등에게 보증하기를 부탁하고 京鄕으로 길을 나눠 이별한 후 聲息이 묘연한지라. 소제와 일념에 구구하온 사념으로 그 고단할 것을 주야 걱정하여 존당에 고하고 탁주로 정시랑을 찾아가니, 시랑은 벌써 棄世하고 부인은 또한 외질 유랑을 찾아갔는지라.· 영매의 종적이 묘연하여 아는 이 없으니, 소제가 죽기로써 四海를 돌더라도 거처를 찾기로 마음을 정하고 탁군의 유랑을 찾아가니 종적을 모르노라 하거늘, 또 북해로 찾아가니 상서께서는 벌써 기세하시고 영구를 청주의 산소로 返葬했다 하오니 所行無處라. 천만 낙심하여 또 영매를 찾아 묻고자 청주로 향할새, 碧溪水 가에 다다르니 문득 한 巖床에 필적이 있거늘 고이히 여겨서 보니, 천만 의외에 영매의 필적이라. 동월 동일에 奴主 삼인이 물에 빠져 죽노라 한 필적이 분명하거늘, 보기를 다하매 어찌 마음이 온전하리오. 그 뒤를 쫓아' 혼백이나 위로코자 하나 親堂이 계신지라 차마 못 하고 다만 酒肉을 갖추어 그 고혼을 위로하고 돌아오나, 혼자 마음으로 느껴 그 情心을 버리지 말고자 하나 부모께서 믿으시는 바 소제 일신뿐이라. 絶嗣함이 중하고 또 부모를 위하여 지금 좌승상 최후의 여자와 결혼하여 성례한 지 거의 삼 삭이라. 그러나 영매의 정신을 일시도 잊을 길 없사온 중, 滄浪에 無主孤魂이 되어 신체도 찾지 못하오니 주야 생각할수록 일편 간담이 흩어져 깊은 원이 되매 不忘이옵더니, 오늘 형을 보오니 영매의 情顏과 방불한지라. 이러하므로 비회를 금치 못함일러니, 현형이 정회를 다 베푸시니 어찌 슬프지 아니하리오. 비록 天崩地坼하여도 죽기 전에는 刻骨銘心하여 잊지 못할지라. 영매는 이미 기세하였으나 이제 형이 있으니 서로 管鮑의 믿음을 맺어 刎頸交義가 있을진대, 영매와의 믿음을 저버리지 아니하리니 길이 생각하사 소제의 구구한 정을 버리지 말으소서.」

말을 마치며 길이 탄식하여 눈물이 옥안에 흘렀으니, 그 감창함을 차마 보지 못할러라.

학사가 내념에 생각하되 거처를 알고자 천리를 지척 삼아 사해를 다녔으니, 그 守信함을 탄복하며 스스로 생각하되 「그 사이 世事가 이렇듯 바뀜을 차탄하고, 제가 이미 娶妻하였다 하니, 나는 근본을 깊이 隱諱하리로다」 그러나 최씨의 賢愚를 모르거니와 취처 후라도 나를 생각하고 그 恩情이 이렇듯 하니 실로 비회를 진정치 못하여 이에 눈물을 흘리며 사례하여 왈,

「비록 동기의 정이 있으나 이런 일이 있는 줄 몰랐삽더니, 이제 형의 所懷를 들으니 소제는 간담이 오그라드는지라. 어찌 심사가 온전하리오. 하물며 죽은 사람을 이렇듯 잊지 아니하오니, 형의 有信함은 천고에 드문지라 어찌 感恩치 아니하리오. 소제가 선산에 가

부모의 정령을 위로하고 돌아와 형에게 犬馬의 수고를
감수하여 萬分之一이나마 갚고자 하나이다.」

이러구러 날이 저물매 서로 하직하고 떠날새,　한림이
백번 당부하여 빨리 돌아옴을 청하더라.

학사가 한림을 보내고 안으로 들어오니, 설랑과 영춘
이 학사께 여쭈오되,

「김한림님은 은정이 이렇듯 감사하거늘, 소저께서는 어
찌 저버리고자 몸을 감추시니, 來事를 어찌하려 하시
나이까.」

소저가 양구에 탄왈,

「이는 도시 天意라. 설마 어찌하리오. 제 이미　내가
죽은 줄 알고 다른 여자를 취하여 新情이 아직 가시지
아니하였으나　故誼를 잊지 아니하고 연연히 생각하
며 신의를 지키려　내 자취를 찾아 사방으로 고생이 무
수했던 일이 실로 감사하나　지금은 도리어 우습도다.
그러나 有信君子라. 제 취처하였으나 내가 세상에 있
음을 알면 반드시 무심치 아니하리니, 내 이제 相如
가 茂陵 찾듯 하면　그 여자는 반드시 文君의 白頭吟*
을 읊으리니, 내 어찌 남에게 원을 끼치리오. 자연 年
久歲深하여 여러 자녀를 낳을진대, 비록 나이는 波流
하나　그 믿는 바 골육이 있으면　그 뜻이 또한 內道
가 있을지라. 이러므로 내 근본을 감추어 그 여자로
하여금 원을 품지 아니하게 함이니, 너희는 근심치 말
라.」

춘이 대왈,

「소저의 寬仁厚德이 이러하니　소비들의 복이 損할까

＊백두음 : 전한의 사마상여(司馬相如)의 아내 탁문군(卓文君)이 지은 시.

하나이다. 연이나 이리 오래 있으면 李參政宅의 혼사
를 어찌하리이까.」

학사 비소 왈,

「이는 또한 처치할 도리가 있나니, 어찌 미리 염려하
리오.」

하더라.

학사 행장을 차려 청주로 향하는지라. 이러구러 김한
림이 학사와 작별하고 집에 돌아와 장소저의 애원하던
정성을 생각하고 비회를 진정치 못하며 침소에 들어가
옷을 벗고 외당에 나와 서안을 의지하여 연하여 잔을 부
어 마신 후, 술이 반취하매 더욱 생각이 간절하여 금낭
을 열고 금환을 내어 들고 길이 탄식 왈,

「지환은 완연한데 임자는 어디 갔는고. 이제 가인을 얻
었으니 나쁨은 없으되 저의 恩情을 생각하니 어찌 情
懷를 참으리오. 슬프다! 남과 같이 육지에서 죽어 시
신이 있으면 비회로써 혼령이나 위로하련마는 萬頃蒼
波에 어디를 志向하여 그 고혼을 위로하잔 말인고. 가
석타! 서중은 속절없이 창랑에 묻히도다.」

하며 탄식을 마지 아니하더니, 마침 시비가 이 말을 듣
고 최씨께 전하니, 최씨가 추연 왈,

「이는 반드시 平人이 아니요, 名門大家의 인물에 빠졌
도다. 연이나 아지 못하겠노라. 어떠한 여자가 이 지
경에 이르렀뇨.」

정히 疑訝하던 차에 한림이 들어오거늘, 최씨 일어나
맞으며 잠간 눈을 들어 보니 옥면에 시름이 가득하여 불
평한 빛이 있는지라. 최씨가 매우 민망하여 염용 문왈,

「첩이 군자를 모신 지 거의 삼삭이로되 일시도 시름

하시는 빛을 보지 못하였더니, 오늘은 존안이 慘憺하
여 愁懷가 가득하시니 분명 적지 아니한 근심이라. 청
컨대 中心을 기이지 말으소서. 소첩이 비록 庸愚하오
나 저으기 군자의 근심을 짐작하리로소이다.」
한림이 雙眉를 찡그리고 가로되,
「소저는 총명하사 사람의 心肝을 비춰내니, 그 知鑑에
항복하려니와 그 의심은 부인이 알 바가 아니라. 玉
簪이 江中에 잠기고 은정이 끊겼으니, 비록 明天이 照
臨하셔도 어쩔 수 없는지라. 이제 부인이 나의 시름을
알므로 무익하고, 말하여 쓸 데 없거니와 매우 유의
하여 물으니 어찌 은휘하리오. 所懷를 베푸리니 모름
지기 번거하지 말으소서.」
하고 처음에 장소저를 만나던 말이며, 마침내 죽은 사연
이며 장학사를 만난 전후 수말을 다 說破하니, 최씨가
듣기를 다하고 戚然하여 옥면에 수색을 띠어 가로되,
「美哉라. 장소저여! 어인 일인고. 속절없이 만경창파
에 魚肉이 되어 孤魂이 수중에 잠겼는고.」
하며 탄식함을 마지 아니하니, 한림이 심중에 그 위인
이 이렇듯 賢哲함을 탄복하나 辭色치 아니하고 천연히
치사 왈,
「부인의 仁厚하심은 짐작한 바이거니와 이렇듯 하심
은 의외라.」
하니, 최씨가 이에 낯빛을 고쳐 왈,
「군자께서는 어찌 첩의 方寸을 적게 여기사 은휘가 자
못 깊으시니, 이는 도시 첩의 不仁함이라. 도리어 참괴
하여이다. 연이나 일이 여차할진대, 비록 성례는 아니
하였으나 당당한 부부라. 九泉에 돌아간 혼백이라도

身所無處하여 반드시 김씨 문하에 의탁하였을지니, 어찌하여 이때껏 존당에 고하고 예를 세워 임자 없는 정령을 위로치 아니하고 한갓 부인의 어짊만 생각하여 정신만 허비하며 사람에게 의심을 끼치나이까. 첩이 비록 용우하오나 祖先奉祀를 욕되게 아니 하리니, 바라건대 군자는 대의를 세우사 첩의 원을 쫓으사 후세에 투기했단 말을 면할까 하나이다.」

한림이 듣기를 다하매 釋然히 春夢을 처음으로 깬 듯한지라. 흔연히 몸을 굽혀 사례 왈,

「부인의 성심이 이렇듯 갸륵하시니 생이 바라던 바이라. 도리어 생의 구구함이 羞愧하나이다. 부인의 후덕에 항복할지라. 어찌 금옥 같은 말을 쫓지 아니하리오.」

하고, 이튿날 이 뜻을 부모께 고하고 장씨의 神位를 세워 巳時에 제할새, 최씨가 조금도 태만함이 없으니 평장 부처와 종족이 다 그 어짊에 탄복하더라.

차설, 장학사는 고향에 돌아가 선산에 掃墳하고 좌우를 살펴보니, 송죽은 의구하여 依然히 반기는 듯하나 부모의 音容은 구천에 있어 반김이 없고, 영화를 사랑할 이 없이 적막한 중에 외로이 옛일을 생각하고 비회를 금치 못하여 크게 통곡하더라.

이러구러 墓下에서 십여 일을 유하여 여남으로 돌아오니 슬프다! 一朔之間에 이참정이 기세하고 부인이 홀로 소저만 데리고 있더니, 장생이 급제하여 왔음을 듣고 기쁜 중 참정을 생각하고 슬픔을 참지 못하여 일장 통곡한 후에 학사를 내당으로 청하시니, 학사가 들어가 부인께 뵈오니 부인이 비감함을 이기지 못하여 嗚咽 流涕

하시니 가중의 비복이 다 그 참담함을 슬퍼하더라.

학사가 참정의 靈位에 나아가 일장 통곡하여 哀毁함이
親喪이나 다름이 없으니, 사람마다 그 후덕을 칭찬 않을
이 없더라. 여러 날이 되어 말미의 기한이 찼는지라. 부
인께 하직을 고하여 왈,

「소생이 어찌 참정의 영위를 일시나 떠나고자 할 마음
이 있사오리까마는 몸을 이미 나라에 허하였는지라,
수유의 기한이 되었으매 臣者의 도리로 황공하온지라.
이러하므로 부인의 고초를 위로치 못하고 훌훌이 떠나
오니 下情에 심히 설연하도소이다. 바라옵건대 부인
은 십분 寬抑하사 보중하소서. 광음이 유수 같사오니
삼년이 덧없사올지라. 소생이 그때에 헤아려 부인을 경
성으로 모셔 백세의 은혜를 만분지일이나 갚사오리니,
부인은 염려치 말으소서.」

하니, 부인이 그 감격함을 이기지 못하여 다만 눈물로
사례할 따름일러라.

이에 행리를 차려 길을 떠날새, 학사가 부인께 하직하
고 경성에 올라와 황제께 承候하온 후 終南山下에 집을
크게 짓고 부모의 사당을 이뤄 香火를 이으니, 隻身이 비
록 외로우나 상서의 정령을 위로하게 되어 저으기 마음
이 安舒하여 세월을 보내더라.

차설, 한림이 학사와 이별하고 그 후 최씨의 원을 쫓
아 장씨의 사당을 이루고 매일 悲感함을 금치 못하여 세
월을 지내더니, 학사가 경성에 왔음을 듣고 즉시 찾아가
니 학사가 반겨 맞아 예를 필하고 좌정하니, 서로 떠
나 있던 정을 이르며 은근히 종일 담화하다가 돌아오니
라.

이러구러 삼춘이 지나고 칠월 망일을 당한지라. 한림이 장소저의 제를 지내려 성찬을 차리고 학사를 청하니라.

이때 학사는 설랑과 영춘으로 더불어 고사를 살피다가 야심 후 금침을 나눠 자더니, 문득 풍운이 몸을 인도하여 한 곳에 다다르니, 이는 곧 김한림의 집이라. 학사가 무단히 내당에 들어가니 彩畫(채화)로 꾸민 집에 錦張(금장)을 드리우고 탑상에 신위를 베풀고 온갖 음식을 배설한 뒤, 한림이 床下(상하)에서 슬피 울거늘 이윽히 보더니 한림이 곡을 그치고 한 여자를 돌아보아 왈,

「오늘 장씨의 고혼을 위로함이 부인의 덕이라. 장씨의 혼백이 어찌 감동치 아니하리오.」

최씨 또한 안색이 참담하여 대왈,

「이는 군자의 有信(유신)함이라. 어찌 나의 덕이라 하리오.」

하며 비창함이 무궁하거늘, 학사가 매우 고이히 여겨 그 靈位(영위)*에 쓴 것을 보니 하였으되, 「청주 후인 장소저 신위」라 하였거늘, 크게 의혹하여 묻고자 하나 한림이 너무 슬퍼하기로 묻지 못하고, 문득 시장하여 상에 벌인 것을 다 먹고 또 옥반에 황혼주를 마시다가 홀연 金鷄聲(금계성)에 깨달으니 南柯一夢(남가일몽)이라. 가장 고이히 여겨 日期(일기)를 헤아려 보니 碧海水(벽해수)에 빠지던 날이라. 문득 한림이 자기를 위하여 제하는 줄 알고 감격함과 슬픔을 금치 못하는 중 또 생각하되,

「그 여자는 일정 한림의 정실이라. 비감함이 과도하니 그 어짊을 가히 알리로다.」

하며 차탄함을 마지 아니하고 날이 새니 의관을 정제하고 翰府(한부)에 이르니, 한림이 반겨 맞아 예필하고 좌정한

---

*영위 : 상가(喪家)에서 모시는 혼백이나 가주(假主)의 신위(神位).

후에 서로 말씀할새 술을 나누어 권하거늘, 자세히 보니 이는 다 꿈에 먹던 것이라. 학사가 잔을 잡고 한림을 향하여 왈,

「소제가 금일 우연히 성찬을 받자오니 지극히 감사하거니와 아지 못하겠노라. 형이 객을 대하여 화기 없사오니 무슨 不平之心이 있나이까.」

한림이 장탄 왈,

「다름이 아니오라 오늘이 추칠월 망일이라. 영매가 세상을 버리던 날이라. 이러므로 한 잔 술로 고혼을 위로함일러니, 형을 보니 자연 愁懷를 감추지 못하였나이다.」

학사가 정필에 謝拜 왈,

「형의 성덕은 천고에 무쌍이로다. 임자 없는 고혼을 이렇듯 위로하시니 매제의 정령이 반드시 感恩할지라. 소제는 동기이면서도 생각지 못하였더니, 이제 형을 대하매 不勝羞愧하여이다.」

하며, 사례함을 마지 아니하매 한림이 비회를 감추고 위로하더니, 날이 저물매 학사가 하직하고 집으로 돌아와 한림의 은덕에 그윽이 탄복하더라.

천자가 학사와 한림의 정직함을 생각하사 勅教하와 장수정으로 兵部尙書를 시키시고 김희경으로 吏部尙書를 시키시니 양인에의 은총이 일국에 진동하더라. 만조 백관이 그 강직함을 두려워 않을 이 없더라.

일일은 학사가 조회를 파하고 집에 돌아와 옷을 벗고 난간에 의지하여 앉을새, 설랑과 영춘이 눈을 들어 보니 금정 옥례 朝服이 정정하고 玉笏佩刀는 은은하여 玉顔瑩風이 늠름한 재상의 골격이요, 조금도 여자의 태도는

없는지라. 설랑이 일변 두려우며 일변 민망하여 조용히 간하여 왈,

「소저는 본디 深閨의 여자로서 외람히 청운에 올라 몸에 青衫을 붙이며 허리에 玉帶를 둘러 세상을 속임이 심하도다. 비록 존귀함을 즐기시나 장래를 어찌하려 하시나이까.」

학사가 청필에 노색을 띠어 왈,

「내가 알아 처치하리라 일렀거늘, 이제 또 부질없이 말을 내어 나의 마음을 동하게 하느뇨. 모름지기 이후는 이런 말을 다시 말라. 낸들 모르는 바 아니로되 事勢不得이라. 임의로 즐거운 바가 아니로다.」

하며 기색이 엄엄하고 말씀이 정대하니 설랑 등이 감히 다시 말을 못 하고 물러나와 가장 민망하여 하는 중, 옛일을 생각하고 소저가 신세 변화함을 한탄하더라.

천자가 禁苑에 殿坐하사 춘경을 구경하시며 제신으로 더불어 글을 唱和할새, 수정과 희경의 글이 가장 뛰어나 그 활달한 뜻이 창해를 헤치며 흐르는 별 같아서 사람의 中情을 煊徹케 하는지라. 상이 대찬하사 장수정으로 燕王의 太傅를 시키시고 김희경으로 연왕의 王師를 시키시며 정도로 인도하여 가르치라 하시니, 연왕은 황후께서 낳은 바이라. 양인이 伏地 주왈,

「신 등이 年少無才로 배운 바 없사와 성은을 감당키 어렵사오니 사양하나이다.」

하나 상이 듣지 아니하시니, 양인이 마지 못하여 燕王宮에 처하여 寬仁正路로 王胤을 인도하여 嚴正 強直함이 조금도 사정이 없으니, 왕이 가장 공경하더라.

일일은 왕이 내궁에 들어가 저물게야 나올새, 그 사부의

有無를 엿보다가 학사와 눈이 마주쳤는지라. 놀라 피하거늘, 한림이 못 본 체하고 학사에게 왈,

「왕이 들어오다가 피함은 반드시 우리가 즉시 일어나 맞지 아니함을 嫌疑함이라. 일후에 반드시 그 책망을 면치 못할 것이니, 형은 살펴 無禮치 말으소서.」

하니, 학사가 한림의 겁냄을 보고 웃으며 오래 묵묵하다가, 이에 표연히 몸을 일으켜 의관을 정제하고 소리를 높이 하여 좌우를 호령하여 연왕을 拏入하라 하니, 한림이 대경하여 급히 말려 왈,

「형은 어찌 망령된 일을 행하느뇨.」

학사가 대답치 아니하고 재촉하여 바삐 잡아늘이라 하니, 호령이 秋霜 같은지라. 이윽하여 좌우가 연왕을 붙들어 들이니, 학사가 명하여 꿇리고 크게 경계 왈,

「수정이 비록 不敏하여도 국가의 대신이요, 전하의 선생이라. 황상의 명을 받자와 정도로 전하를 인도할새 조금도 비례를 행하지 아니하였삽거늘, 전하는 어찌하여 배우지 아니한 행실을 찾아 문을 열어 종적을 가만히 하여 사람의 動止를 엿보시니, 이런 명교는 없는지라. 전하께서 비록 괴로우시나 잠간 師弟之義를 생각하사 안색을 정히 하시고 말씀을 순히 하사 의로써 개유할 것이거늘, 전하께서는 문득 눈을 들어 사람을 보시고 도로 피하시니, 이는 聖道의 행실이 아니라 그윽이 전하를 위하와 한심하여이다.」

하고 경계하니, 기색이 嚴嚴하고 위풍이 凜然하여 三冬雪霜 같고 홍일이 무쌍한 듯, 좌우의 제신이 그 강직함에 두려워 않을 이 없더라.

이에 학사가 연왕을 보내고 즉시 표를 올려 가로되,

「신이 본디 微薄^{미박}한 인생이라. 이러므로 왕이 예의에서 벗어나 外道^{외도}로 행하실새, 신이 외람히 폐하의 명을 받자와 왕의 선생이 되었사오니 그 허물을 간하지 아니함은 불가하여 잠간 사제지도를 세움이오니, 예를 어기지 못할 바 법이라. 위엄을 부리며 세를 제어하여 법을 폐함은 간신이 제 몸을 돌아보아 上聰^{상총}을 어지럽힘이라. 신이 비록 용우하오나 법을 잡으매 愛諭^{애유}함이 있는고로 부득이 왕을 警責^{경책}하옵고 이렇듯 표를 올려 죄를 청하옵나니, 伏願^{복원} 폐하는 신의 죄를 각별히 다스려 후인을 징계하옵소서.」

하였더라.

상이 覽畢^{남필}에 크게 칭찬 왈,

「수정은 진실로 漢^한 적의 汲黯^{급암}*이로다.」

하시고 즉시 批答^{비답}하시되,

「짐이 경의 표를 보니 불승감격하여 하노라. 연왕의 사람됨을 기뻐하였더니, 이런 표를 매일 보면 실로 짐의 마음이 즐거울지라. 대저 왕은 경의 제자요, 경은 왕의 선생이라. 제자에게 허물이 있으면 撻楚^{달초}라도 가하거늘, 저간 경계함을 어찌 방자하다 하리오. 족히 경의 경직함으로 후세에 남의 스승이 되는 자로 하여금 본받고자 하게 하노라. 모름지기 왕에게 그릇됨이 있거든 당당히 법으로써 가르쳐 그릇됨이 없게 하라.」

하였더라.

학사가 이후로 경계하여 가르치니 왕이 또한 조심하여 그릇됨이 없으니, 기리는 소리가 내외에 진동하더라.

한림이 학사의 정직함을 보고 황공하여 공경함이 극진

---

*급암 : 한대(漢代)의 간신(諫臣). 자(字)는 장유(長孺). 복양(濮陽) 사람.

하고 만조가 다 두려워하더라.

일일은 학사가 한가하여 서안을 의지하여 古事를 생각하고 자연 마음이 울적하더니, 문득 북해 노인의 은혜를 생각하고 길이 탄식 왈,

「부친의 해골을 선산에 安葬하고, 몸이 또한 榮貴하여 祖先의 제사를 받듦이 다 참지의 덕이라. 내 몸을 버려도 저의 은혜를 갚음이 옳거늘, 지금 부귀에 잠겨 남의 은혜를 버리니 도리어 背恩하는 사람이 되리로다.」

하며, 탄식을 마지 아니하더니, 이튿날 조회를 마친 후에 조용히 탑전에 나아가 여쭈오되,

「신이 듣사오니 나라가 법을 세울 때에 떳떳이 법을 숭상하여 輕重을 살핀다 하오니, 고로 法令과 刑罰이 명백한 후에야 간신이 물러가고 충신이 나온다 하오니, 이제 전에 參知였던 소세필은 선조 적 하현성의 외손이요, 소문에 충효가 끊이지 아니하더니, 간신의 讒訴를 입어 북해에 謫居하온 지 이미 삼십여 년이오니, 복원 폐하는 익히 생각하사 특별히 사하심을 바라나이다.」

황제가 청필에 깨달으사 즉일에 소세필을 放釋하시고 禮部尚書로 부르시니, 학사가 叩頭 謝恩하고 물러나오니 만조가 다 학사의 후덕을 탄복하더라.

차설, 蘇公에 대한 赦文이 북해에 이르니, 가석타! 소공이 월전에 棄世하였는지라. 태부가 조문코자 하더니, 문득 사문이 왔기로 그 죽음을 奏達하오니, 조정이 大嘆하고 상이 또한 感愴히 여기사 北海太守에게 詔勅하사 소공의 喪具를 경성으로 호송하라 하시고 그 일가를 경성에 와 살게 하시니, 태수가 칙교를 받들어 소공의 상

구를 호송할새, 下官正民[하관정민]을 청하여 護喪[호상]케 하니 소공 일가가 천은을 못내 송축하더라.

이에 학사가 소공의 부고를 듣고 감창하여 십일정에 나아가 조문하고 크게 통곡할새, 보는 사람이 비창하여 하더라.

학사가 조문을 파한 후 소공 부인께 전갈하여 왈,

「학생은 전 이부상서 장자영의 아들이옵더니, 부친이 북해에서 冤死[원사]하시매 그때 생이 隻身無托[척신무탁]하와 주변이 망연하매 망극하옴이 사해에 혼자이온데, 천만 의외에 상공의 하해 같은 은혜를 입사와 잔명을 부지하옵고 선친의 시신을 선산에 이안하오니, 주야로 은혜를 刻骨銘心[각골명심]하였삽더니 천행으로 등과하여 몸을 나라에 매인고로 일찍 나아가 뵈옵지 못하오니 惶恐無地[황공무지]하와 학생이 죽기로써 天位[천위]를 범하여 참지의 애매하심을 伸冤[신원]하오니, 황상이 깨달으사 사명이 내리시매 반가이 뵈옵기를 屈指[굴지]하여 바랐삽더니, 몽매 밖에 幽明[유명]이 바뀌오니 감창함을 어찌 다 측량하오리까.」

말씀을 전하니, 소공 부인이 홀연 깨달아 옛일을 생각하고 감격하여 치사하고 못내 서러워하더라.

소공이 본디 아들이 없는지라. 학사가 친히 主喪[주상]하여 선산에 안장할새, 조정이 학사의 낯을 보아 問吊[문조]하는 길이 메었으니, 짐짓 왕후의 기구와 다르지 않더라.

장례를 지낸 후 학사가 그 부인을 모셔 경성에 올라와 終南山[종남산] 밑에 별당을 지어 소부인을 머물게 하고 매일 문안을 끊이지 아니하니 성부인이 못내 감격하여 하고, 학사가 조석 공양과 소공의 삼년상을 극진히 받드니 세상 사람이 다 칭찬하고 만조가 다 그 성덕에 항복하니,

報恩^{보 은}이 명명함을 알리더라.

  천하가 태평하고 사해가 안정하니 만민이 즐겨 擊壤^{격 양}
歌^가를 부르며, 국가에 일이 없고 明府^{명 부}는 한가한지라. 학
사가 나아가면 김상서로 더불어 時酒^{시 주}를 일삼으며, 들면
설랑 영춘으로 더불어 古事^{고 사}를 한담하여 소일하더니, 일
일은 학사가 마음이 심심하여 두루 徘徊^{배 회}하다가 외당에
나와 난간을 의지하여 경개를 구경하며 시를 지어 逸興^{일 흥}
을 보내더니, 문득 한 유생이 밖으로부터 들어와 바로 中^중
軒^헌에 올라 예하고 앉으며 왈,

　「서로 보온 지 벌써 이십년이라. 이제 고생을 다 지내
　고 복록을 받도다.」

하거늘, 눈을 들어 그 거동을 보니 葛巾布衣^{갈 건 포 의}로 얼굴이
비상하고 動止^{동 지}가 기이하여 조금도 塵態^{진 태}가 없거늘, 학사
가 심히 의혹하여 內念^{내 념}에 생각하되,

　「내 비록 연소하나 벼슬이 六卿^{육 경}에 거하고 이름이 사해
　에 진동하니, 범상한 사람이면 어찌 감히 유생의 복색
　을 취하여 중헌에 올라 앉으리오. 이는 반드시 有意^{유 의}한
　사람이라.」

하고 공경 답례 왈,

　「학생이 일찍 聞見^{문 견}이 없어 존안을 상대하온 바 없삽거
　늘 구면으로 칭하시니 의혹함을 깨닫지 못하는 중 이
　십년 전에 보았노라 하시니, 학생의 生歲^{생 세} 십구년이라.
　선생은 어찌 이렇듯 시생을 戱弄^{희 롱}하시나이까. 바라옵건
　대 가르칠 말씀이 있삽거든 밝히 일러 疑惑^{의 혹}을 없게 하
　소서.」

하니, 그 사람이 미소만 하고 대답치 아니하더니, 홀연
소매에서 보검과 서책을 내어 주며 왈,

110

「그대의 묻는 말에 대답치 않는 바는 天機가 지극히 비밀스러운고로 감히 口說치 못하거니와 나중에 자연 알 것이니, 이 두 가지를 힘써 하면 미구에 임금의 은혜를 갚고 祖先에 즐거움을 끼쳐 忠孝가 雙全하리니 삼가 누설치 말라.」

말을 마치며 섬돌이 내려 문득 간 데 없거늘, 학사가 그제야 天神의 渡涉인 줄 알고 신기히 여겨 그 칼과 책을 보니 칼은 길이가 삼척이요, 빛이 황홀하여 일월의 정기와 斗牛星의 광채를 내며 그 속에 은은히 太陽天意劍이라 새겼으니 범인의 手中之物이 아니요, 신선의 조화로다 하고 또 책을 보니 선비의 학업이 아니라 의사가 웅장하고 뜻이 광활하여 천지 조화가 무궁하니 太公* 孫呉*의 병서도 아니요, 黃石公의 祕書도 아니라. 내 일찍 六韜三略과 병서를 많이 보았으되, 이 책은 실로 처음 보도다. 於心으로 헤아리되 天의 비밀함을 생각하고 가장 의혹하여 스스로 생각하되,

「이는 반드시 장수의 器物이요, 서생에게는 부당한 것이라. 나의 근본을 세상 사람은 모르나 天地神靈은 명명히 아는 바이거늘, 이것을 내게 보냄은 어찌된 연고인고.」

하며 정히 懷疑하더니 또 생각하되,

「나라가 만일 위태할진대 충신의 자손은 비록 부녀라도 창검을 잡아 군부의 위태함을 구하리니, 하물며 나는 몸을 국가에 허락한지라. 비록 근본은 여자이나 들어 있는 부녀와는 다른지라. 만일 나라에 변이 있어 위

＊태공 : 주나라 초기의 정치가. 이름은 강상(姜尙), 속칭 강태공, 육도(六韜)의 저자로 알려짐.
＊손오 : 중국의 병법가 손자와 오자. 이름은 손무(孫武)와 오기(呉起).

태할진대, 甲胄를 갖추고 칼을 잡아 죽기를 사양치 아
니함이 臣者의 도리라. 대저 천기는 아직 못하거니와
그 도인이 나에게 충효를 쌍전하리라 하였으니, 반드
시 오래지 아니하여서 적국의 변이 나리로다.」
하고 慨嘆함을 마지 아니하더라.

　이후로 학사가 조회를 파하면 집에 돌아와 낮이면 天
文學을 힘쓰고 밤이면 검술을 익혀 때를 기다릴새, 이미
萬卷書를 달통하였는지라. 불과 일삭에 검술을 달통하니,
병법은 漢 적의 諸葛亮이라도 미치지 못하고 검술은 楚
覇王*을 비웃을지라.

　학사가 이에 마음 속으로 웃어 왈,
「내 일찍 陰陽을 바꿈은 일시 부모의 정을 참지 못하
고 依托無路하여 부친의 면목을 볼까 하여 세상을 속
임일러니, 이제 벼슬살이가 재상에 이르고 부친의 원
혼을 위로하니 다시는 한이 없을 듯하나 종시 女道
를 회복치 아니하였더니, 일정 하늘이 무이 여기실지
라.」
마음이 이에 미치매 夙夜憂懼하더니,
「이제 또 의탁한 일을 하여 어진 마음을 고칠 줄을 알
지 못하니 타일에 九泉에 돌아가도 祖先의 책을 면치
못하리로다. 이미 마음을 허하여 임금을 섬기고 만세
후 한가지로 九原에 돌아가면 비록 조선의 책을 받더
라도 어찌 마음으로는 사랑을 받지 아니하리오. 아
무렇거나 偃武修文하여 변방에 나아가 夷蠻에게 雄才
를 자랑하고 이름을 만세에 유전하면 또한 사람의 사
업에 족함이라. 설마 어찌하리오.」

─────────────
*초패왕 : 초나라의 항우(項羽)를 높여 부르는 말.

하고 매일 書劍을 일삼더니, 이러구러 巨國君 柳俠이 魏國王에 봉하여 있은 지 이미 삼년이로되 한번도 조회하는 일이 없으매 조정이 황상께 여쭈어 문죄할 것을 청하니, 상이 옳이 여기사 즉시 사자를 보내어 여러 해 조회치 아니함을 問罪하고 쉬 돌아와 조회하라 하시니, 사신이 위국에 이르러 조서를 전하니 위왕이 보기를 다하고 勃然 大怒하여 손으로 북편을 가르쳐 크게 꾸짖어 왈,

「조그만 아이가 어른을 敬待치 아니하고 이렇듯 무례하리오.」

말을 마치며 좌우에 명하여 사신을 내어 베라 하니 좌우의 무사가 일시에 달려들어 사신을 베어 그 수급을 즉시 동자에게 욕하여 보내니라.

동자가 크게 두려워 그 수급을 가지고 황성으로 돌아와 황제께 드리고 욕하던 말을 낱낱이 주달하니, 상이 대경 진노하사 즉시 제신을 모아 가라사대,

「이제 위왕이 반심을 먹고 사신을 베어 수급을 보내었으니 위왕은 짐의 숙부라. 사세 난처하니 이를 어찌하리오.」

하니, 제신이 出班하여 주왈,

「제가 여러 해 조회를 파하였으니 그 죄를 물음이 당당하옵거늘 도리어 사신을 죽이고 조정을 욕하니, 이는 반드시 미구에 변을 일으켜 天意를 범하올 것이오니 폐하는 살피사 智勇兼備한 자에게 一枝兵을 주어 반적을 소멸하여 후환이 없게 하옵소서.」

상이 또한 개탄하시고 즉시 일장 華旗를 敎場에 세우고 북을 울려 백관을 다 모으고 추연 탄왈,

「짐의 덕이 不明^{불명}하여 골육이 원수가 되어 스스로 반심

을 품어 이제 짐의 사신을 베어 수급을 보내었으니,

어찌 불행치 아니하리오. 짐이 이제 대병을 발하여 위

국을 평정하고 간신을 소탕하고자 하니, 뉘 능히 대장

이 되어 위왕을 잡아 짐의 근심을 덜리오.」

하니 제신 중에 일인도 대답이 없더니, 이윽고 한 소년

장수가 조복을 끌고 殿前^{전전}에 나와 복지하여 출반 주왈,

　「소신이 비록 재주 없사오나 원컨대 先鋒^{선봉}이 되어 유협

을 사로잡아 폐하의 근심을 덜리이다.」

하거늘 모두 다 보니, 얼굴이 옥으로 새긴 듯하며 細^세

柳^류 같은 허리와 청아한 소리는 鳳^봉이 丹山^{탄산}에서 우는 듯 兩^양

眉^미에는 은은히 천지의 조화를 감추었으며, 흉중에 만고

의 興亡^{흥망}을 품은 듯 風度^{풍도}가 絶倫^{절륜}하여 遠近^{원근}에 照耀^{조요}하니,

이는 태학사 병부상서 연왕 태부 장수정이라. 상이 대열

하시고 제신이 또한 흠탄하더니, 또 한 소년이 나아와 복

지하여 주왈,

　「소신은 본디 世祿之臣^{세록지신}이라. 국은이 망극하오니, 청컨

대 수정과 合力^{합력}하여 위왕의 머리를 폐하의 휘하에 바

치리이다.」

하거늘 모두 다 보니 青春^{청춘} 英傑^{영걸}이라. 위엄이 늠름하고

기운이 俊俊^{준준}하여 완연히 雲霧^{운무}를 헤치고 碧天^{벽천}에 오른 듯

하니, 춘방한림 겸 이부상서 제왕 김희경이라.

　상인 양인의 俊邁^{준매}함에 기뻐하사 심히 희열하시더니, 제

신이 일시에 주왈,

　「장수정과 김희경은 연소한 서생이라. 文^문을 배워 태평

성대에 백성이나 다스림이 가하거니와 만군 중에서 적

장을 벰은 불가하온지라. 폐하께서 믿으시고 이에 보

내었다가 대사를 그르치면 뉘우쳐도 미치지 못하올지라. 바라옵건대 武班 중 지용을 겸전한 장수를 보내어 후환이 없게 하소서.」

하고 아뢰오니, 장학사가 이 말을 듣고 분기를 이기지 못하여 백관을 꾸짖어 왈,

「燕雀이 어찌 鴻鵠의 뜻을 알리오. 대장부 세상에 처함에 몸을 나라에 허하여 임금을 섬길진대, 마땅히 충성을 다하여 몸이 죽을지라도 국은을 갚음이 군자의 도리요 신자의 행실이거늘, 그대들이 대대로 국록을 받아 태평을 누리다가 이제 조그마한 일을 당하여 심중에 한갓 처자에게서 떠남을 애처로워하여 내 몸에 한이 있을까 두려워 황상의 물으심에 하나도 대답이 없다가, 이제 우리를 유생이라 하여 血氣를 強奪하고 충성을 시기하니, 이 어찌 임금을 섬겨 나라를 도울 자이리오. 臨軍出武는 臣者의 常事라. 국은을 입고 난시를 당하여 어찌 손을 묶어 앉아서 죽기를 바라리오. 내 비록 서생이나 당세의 文武를 草芥같이 아나니, 조그마한 위국을 어찌 근심하리오.」

언필에 황상께 여쭈어 가로되,

「신이 이제 김희경과 더불어 위국에 나아가 위왕을 잡지 못하거든 군법을 시행하옵소서.」

하니, 말이 웅장하고 氣度가 飄逸하여 당당한 烈士 忠臣이라. 상이 처음에는 의아하시더니, 이렇듯 활달함에 대열하사 왈,

「경 등의 충성이 여차하니, 짐이 어찌 위왕을 근심하리오.」

하시고, 즉시 장수정으로 大元帥에 명하시고 김희경으로

副都督에 명하사 군병 오만을 주어 행군할새, 節鉞과 印
劍을 주사 군중의 위엄을 높여 自斷 處置하라 하시니 문
무 제신이 감히 막지 못하며, 또한 학사의 말에 대답할
자 없더라. 사은하고 물러나와 군병을 수습하여 발행할
새, 부모의 사당에 하직하고 다음에 설랑 영춘에게 無
恙하기를 당부하고 또 정부인께 하직하니, 缺然하여 무
사히 돌아오기를 백번 당부하더라.

김희경이 또한 집에 돌아가 부모께 하직하니, 참정은
長者이라 조심하기를 당부하나 부인과 최씨는 重地에
발행함을 못내 결연하여 하더라.

상서가 이에 학사와 더불어 교장에 나아가 행군하여 남
방으로 행할새, 旗幟槍劍이 일월을 희롱하며 군령이 엄
숙하니, 이는 만고에 제일이라.

천자가 백관을 거느리고 십리 밖에 親行하사 원수를 전
송하실새, 군용이 이렇듯 엄숙하심을 보고 칭찬하여 가
라사대,

「양인의 재주가 여차하니 어찌 한 변방을 근심하리오.」
하시며 못내 기뻐하시고 환궁하시다.

차설, 위왕은 사신의 머리를 베어 보내고 제신과 더불
어 의논할새,

「원제가 만일 사신의 머리를 보면 일정 무사치 아니하
리라.」
하니, 모두 다 여쭈오되,

「원제가 비록 纖弱하오나 또한 대국이라. 장수와 군사
가 많사오니, 우리의 소소한 군병으로는 막지 못하올
것이라. 전자에 듣사오니 南京王이 원국을 범코자 하
여 군병을 조련한다 하니, 이제 전하께서는 남경왕과

結約하고 合力하여 치오면 가히 도모하리이다.」

왕이 옳이 여겨 즉시 글을 닦아 남경에 보내어 서로 맹세하여 起兵하기를 통하니, 남경왕이 위왕이 사신을 배었단 말을 듣고 그윽이 의사가 있더니, 기별을 듣고 가장 기뻐 날을 기약하여 보내고 군사를 調發하여 위국에 이르니, 왕이 문 밖에 나와 맞아들여 좌정 후 한담을 필하니, 위왕이 몸을 굽혀 사례 왈,

「과인이 먼저 대왕을 찾음이 옳사오되 대왕이 이렇듯 왕림하시니 불승감사하여이다.」

남왕이 겸사를 마지 아니하며 왈,

「대왕은 귀중하시고 복은 일방의 천하온 몸이라. 어찌 성례를 당하리오.」

위왕이 또 배사하고 말하여 가로되,

「원제는 과인의 姪兒라. 방자히 皇床을 의지하여 과인을 업수이 여기니, 어찌 즐겨 감수하리오. 과인이 제 병을 발하여 豚犬 같은 아이를 잡아 욕을 씻고자 하되, 兵勢 量乏함을 근심하더니, 들으매 대왕이 또한 반심을 두어 兵甲을 연습한다 하오매 감히 청하였나니, 과인을 용렬타 아니 하시고 군량을 도우실진대, 양국이 합력하여 중원을 얻은 후, 서로 경계를 정하여 사생을 한가지로 하심이 어떠하시니이까.」

남왕이 흔연 대왈,

「복이 또한 이런 뜻을 둔 지 오래오되, 대왕이 길을 막았기로 힘이 부족하여 발하지 못하고 다만 대왕의 위엄을 두려워함일러니, 이제 대왕이 복의 용우함을 허물치 아니하시고 이렇듯 款曲하시니 불승감사하여이다. 대장부 어찌 남에게 굴하여 조공을 바치리오. 대

왕이 복을 용우하다 아니 하시면 犬馬(견마)의 수고를 어찌 사양하리오.」

위왕이 대희하여 즉시 백마를 잡아 하늘에 맹세하여 사생을 한가지로 할새, 이튿날 양국이 將臺(장대)에 올라 제장을 모으고 군사를 정제하니 군사는 삼십만이요, 장수는 천여 원이라. 주야로 연습하여 중원을 늘 사모하더니 문득 보하되,

「천자가 대병을 발하여 성밖 십리 밖에 이르렀나이다.」 하거늘, 양국의 왕이 대로하여 각각 본국의 병을 거느려 성밖에 진을 치고 기다리더라.

이때에 장학사는 김상서와 너불어 행군하여 위국에 다다르니, 위왕이 벌써 기병하였다 하거늘 문득 바라보니 旋旗(정기)가 표일하고 劍戟(검극)이 森列(삼렬)하였는지라. 위왕의 준비함을 보고 군사를 재촉하여 적진을 대하여 結陣(결진)하고 학사는 상서로 더불어 장대에 높이 앉고 적진을 바라보니, 위왕이 남경왕으로 더불어 대병을 總督(총독)하여 진세를 이뤘으니 兵馬(병마)가 비록 웅장하나 行伍(항오)를 이루지 못하였는지라.

학사는 마음으로 심상히 여기나 상서는 적의 진세가 엄숙함과 병마가 많음을 疑慮(의려)하니 이는 병법에 익지 못한 까닭이요, 학사는 천문학을 보아 歸趣(귀추)를 배웠는고로 익히 알더라.

이에 위왕이 남강왕으로 더불어 진전에 나와 원진을 바라보니, 장대에 일원 소장이 紫金雙鵬冠(자금쌍봉관)을 쓰고 몸에 白花紅錦袍(백화홍금포)를 입고, 허리에는 黃龍腰帶(황룡요대)를 둘렀으며 손에 太陽天意劍(태양천의검)을 잡아 표연히 앉았으니, 기운이 씩씩하여 白雲(백운)이 彩雲(채운) 속에 솟았는 듯 일월의 정기를 일신에 둘렀으니, 보건대 人中(인중)의 豪傑(호걸)이요, 세상의 기남자라. 위

왕이 대경하여 군사로 하여금 적진의 소장은 성명을 통하라 하거늘, 학사가 웃으며 답왈,

「나는 중국 대원수 연왕태부 병부상서 태학사 장수정이라. 하늘이 그대를 도우사 왕의 작위를 주어 一邦(일방)을 지키게 하였거늘, 천은을 생각지 아니하고 도리어 반심을 두어 天使(천사)를 베어 황상을 叱辱(질욕)하니 사람은 무심하거니와 하늘이 어찌 두렵지 아니하랴. 이러므로 황상이 진노하사 나로 하여금 그대를 다스리라 하시매 내가 대병을 거느려 이에 이름이니, 그대 이제라도 허물을 자책하여 끈을 끌러 복을 매어 항복할진대 죄를 사하려니와 그렇지 아니하면 당당히 태양천의검을 시험하리라.」

하니, 왕이 대로하여 꾸짖어 왈,

「이름 없는 黃口(황구) 소아가 감히 나를 욕하는다.」

하며 친히 나아가 싸우고자 하거늘, 문득 한 소장이 분연 대왈,

「왕은 잠깐 노를 참으소서. 소장이 장원수를 잡아 욕을 씻으리이다.」

하고 말을 달려 나는 듯이 나오니, 위국 명장 방후열이라. 장창을 두르며 원수가 가르쳐 대질 왈,

「어린 아이가 당돌히 대진하여 큰 말을 하니, 이른바 어린 강아지가 맹호를 두려하지 아니함이라.」

하니, 원수가 대로하여 좌우를 돌아보아 왈,

「뉘 능히 적장을 베어 내 욕을 씻으리오.」

하니, 言未畢(언미필)에 일원 대장이 應聲出馬(응성출마)하여 표연히 내달으니, 모두 다 보니 이는 석호춘이라.

두 장수가 서로 싸워 이십여 합에 이르도록 승부를 결

하지 못하였으되, 방후열이 오히려 용맹한지라. 호춘이
스스로 이기지 못할 줄을 알고 창을 버리고 유성퇴를 둘
러 후열을 치고자 하더니, 문득 실수하여 말에서 떨어지
니 후열이 乘時하여 칼을 빼어 호춘을 베어 들고 乘勝長
驅하여 분기를 돋우거늘, 원수가 호춘의 죽음을 보고 크
게 悲愴 憤怒하는지라. 하후창이 나아가 싸우고자 하더
니, 문득 일원 대장이 칼을 들고 말을 달려 표연히 내달
으니, 이는 부도독 김희경이라. 원수가 대경하여 극히 말
려 왈,

「적장의 용맹이 과인하고 검술이 비범하니 輕敵치 못
하리로소이다.」

도독이 왈,
「이는 不明之計요 不平之軀라. 원수는 어찌 적장의 위
풍을 도와 스스로 예기를 꺾어 버리시나이까.」

말을 마치며 내달으니, 梟勇은 나는 제비라도 미치지
못할러라. 하회를 볼지어다.

차설, 방후열이 멀리 바라보니 진중에서 한 소년 대
장이 나는 듯이 나올새, 몸에는 綠袍銀甲을 입고 머리
에는 龍鳳 투구를 쓰고 千里駿馬에 半月劍을 들었으니,
기상이 엄숙하고 풍채 늠름하여 당당한 명장이라.

후열이 한번 보매 그 위인에 항복하나 나이 연소함을
업수이 여겨 말을 내몰아 합전하니, 삼십여 합에 이르도
록 승부를 결하지 못하는지라.

후열이 한 계교를 생각하고 도독을 유인하여 거짓 패
한 체 달아나거늘, 도독이 대로하여 따르고자 하다가 문
득 생각하되,

「제 거짓 패함은 반드시 간사한 꾀가 있기 때문이라.

120

　내 어찌 계교를 모르고 빠지리오.」

하고 천연히 말고삐를 잡고 섰더니, 후열이 오십보나 가
되 한 번도 돌아봄이 없거늘 도독이 철현궁을 들어 鐵
箭을 메겨 쏘니, 시위소리 울리며 후열의 말에 맞으니
후열이 말에서 떨어지거늘, 도독이 급히 말을 달려 후열
의 머리를 베어 창끝에 꿰어 들고 진전에 왕래하며 橫行
하니, 위왕이 후열의 죽음을 보고 대경하여 친히 제장
을 거느려 나와 크게 외쳐 왈,

　「나의 선봉을 죽인 장수는 빨리 나와 내 칼을 받으라.」

하거늘, 도독이 대로하여 칼을 잡아 춤추며 나와 응성 대
질 왈,

　「후열이 이미 내 칼 아래 죽었거늘 네 감히 나를 당할
　소냐.」

하며 정히 위왕을 치고자 하더니, 문득 적장 위충이 내
달아 도독으로 더불어 접전할새, 이때 남경왕이 본진에
서 兩陣의 승패를 보더니 도독을 원수로 알고 군사를 지
휘하여 사면을 둘러싸니, 도독이 그 兵勢가 굳셈을 보고
左衝右突하되 능히 벗어나지 못하여 정히 위급하더니,
이때 장원수 장대에서 위진을 바라보더니 위병이 首尾
相接하여 에워쌌음을 보고 대경하여 급히 제장에게 왈,

　「이제 도독이 위급하니 어찌 그냥 있으리오.」

하고 제장을 거느려 위진에 다다르니, 사면을 위병과 남
병이 에웠으니 그 형세 굳음이 철통 같은지라.

　원수가 필마 단창으로 춤추어 한 곳을 衝殺하며 들어
가니 홀연 한 장수가 길을 막거늘, 원수가 대로하여 태
양검이 빛나며 그 장수의 머리가 떨어지는지라. 中營을
향하여 짓쳐들어가니 또 한 장수 있어 길을 막거늘, 원

수가 성명을 물으니 이는 위장 위영이라. 원수가 대로하여 왈,

　「원장이 어디 있느뇨.」

　위영이 춤추며 대질 왈,

　「원장이 벌써 죽어 칼 아래 귀신이 되었느니라. 찾고자 하거든 지하에 가 찾아라.」

　원수가 더욱 분노하여 태양검을 들어 치니 위영의 머리가 말 아래 떨어지거늘, 원수가 승승장구하여 짓쳐들어가니 魏南 양국의 왕이 각각 제장을 거느려 원장을 둘러싸고 擂鼓 喊聲으로 대왈,

　「원장은 날개가 없으리니 목숨을 아끼거든 빨리 항복하라.」

하는 소리가 천지를 진동하는지라.

　원수가 도독의 위급함을 보고 소리를 벽력같이 지르며 달려들어가며 東西馳騁하니 그 다다르는 곳마다 적장의 머리가 秋風落葉같이 떨어지니 주검이 뫼 같고 피는 흘러 시내 되니 뉘 감히 대적하리오.

　이에 도독을 구하여 나오니, 도독이 처음에는 겹겹이 싸여 兵勢가 철통 같더니 죽기로써 좌우충돌하되 능히 벗어나지 못하여 하늘을 우러러 탄식하되,

　「내 적장을 가벼이 여기다가 오늘 이곳에서 청춘을 마치리로다.」

하고 차탄하여 마지 않더니, 홀연 적군이 四散分壞되며 일원 소장이 진중에 돌입하여 횡행하거늘, 도독이 정신을 차려 자세히 보니 이는 곧 장원수라.

　대희하여 자기를 구함을 보고 다시 칼을 들어 원수의 뒤를 쫓아나올새, 원수가 다시 정신을 가다듬어 좌우로

충돌하여 태양검을 두르는 곳에 三春에 梨花 날고 추풍에 낙엽같이 적장의 머리가 떨어지니 魏南 장졸의 주검이 積屍如山이라.

도독이 원수의 위엄에 의지하여 기운을 수습하고 揮劍斬將하며 짓쳐나오니 적진 장졸의 주검이 丘山 같고 피는 흘러 강물이 되었더라.

원수가 도독으로 더불어 본진에 돌아와 장대에 올라 앉아 장졸에게 賞賜하고 大宴을 배설하여 즐길새, 도독이 친히 잔을 들어 원수께 배사 왈,

「소장이 원수와 더불어 班朝之義 있으나 이렇듯 弓馬之才를 품어 萬人之勇이 있는 줄은 전혀 몰랐삽더니, 오늘 보건대 비록 천신이라도 미치지 못할 바라. 어찌 사례치 아니하리오.」

하며 다시 술을 권하니라.

차설, 위왕이 남경왕으로 더불어 본진에 돌아가 군사를 점고하니, 장수로 죽은 자가 천여 원이요 군사로 죽은 자가 태반이라. 위왕이 탄식 왈,

「내 남을 업수이 여기다가 이렇듯 패함을 보았도다.」

하고 다시 의논할새, 위왕이 가로되,

「원국의 장수정이 비록 나이 어리되 智勇이 兼全하고 검술이 과인하여 가벼이 대적하지 못하리라. 과인에게 한 秘計 있으나 이 소임을 저마다 못할지라. 청컨대 대왕은 즐겨 행하시리이까.」

남경왕이 대왈,

「우리 양국이 사생을 결하고자 천지께 맹세하였느니, 어찌 서로 사양함이 있으리오. 보낼 곳이 있삽거든 보내시기를 바라나이다.」

위왕이 대희하여 왈,

「원국 장수정이 병마를 거느려 이곳에 왔나니, 중원이 반드시 비었을지라. 대왕은 이제 일지병을 거느려 수로를 따라 나아가 바로 황성을 겁채하여 원제를 사로잡은 후, 다시 군사를 거느려 원수를 치면 반드시 대사를 이룰 것이니, 대왕의 뜻은 어떠하시니이까.」

남경왕이 문필에 대희 왈,

「대왕의 神奇妙算은 귀신이 미치지 못하리로소이다.」

하고, 드디어 본국 병마를 거느려 나아가니, 진을 떠나가니라.

위왕이 남경왕을 보내고 陣門을 굳게 닫고 여러 날을 나가지 아니하니, 원수가 도독과 더불어 상의 왈,

「이제 위왕이 한 번 패함으로 인하여 여러 날 숨고 나오지 아니하니, 우리 이제 욕으로 분을 돋우어 유인하리라.」

하고, 즉시 도독으로 일지병을 거느리고 성하에 나아가 싸움을 돋울새, 진시로부터 유시에 이르되 위왕이 종시 응하지 아니하거늘 군사로 하여금 叱辱을 무수히 하되 위왕은 본디 성품이 조급한지라. 분노하여 마침내 군사로 하여금 성문을 열고 급히 나올새, 위왕이 도독을 향하여 대질 왈,

「내 오늘 너를 잡아 원수를 갚고 전일 패한 한을 씻으리라.」

하고 창을 들고 도독을 맞아 서로 싸울새, 위왕이 본디 용력이 과인한지라 십여 합에 이르러 도독이 대적치 못하여 말을 돌이켜 달아나니, 왕이 급히 따르는지라. 문득 원수의 진중에서 放砲一聲에 진문을 크게 열고 한 소

년 대장이 나는 듯이 내달아 길을 막거늘, 위왕이 놀라 말고삐를 잡고 서니 원수가 크게 꾸짖어 왈,

「반적 위왕은 장수정을 모르는다. 내 칼은 본디 사정이 없나니, 殘命을 아끼거든 빨리 말에서 내려 항복하라.」

위왕이 대로하여 도독을 버리고 원수와 더불어 싸울새, 원수의 검광이 번개 같은지라. 위왕이 대경하여 대적치 못할 줄 알고 말을 돌이켜 달아나고자 하더니, 문득 원수의 검광이 빛나며 위왕이 탄 말을 지르니, 위왕이 飜身落馬하는지라.

원수가 군사를 호령하여 위왕을 사로잡아 오니, 위국 장졸이 그 왕이 잡힘을 보고 대경실색하여 각각 목숨을 아껴 사면으로 달아나니, 원수가 의기양양하여 바로 성중에 들어가 위왕의 가속을 모조리 生擒하여 轞車에 가둔 후, 본진에 돌아와 勝戰鼓를 울리며 삼군에 賞賜하며 백성을 안무하고 도독으로 더불어 의논하되,

「위왕을 사로잡고 성중에 들어오되 남경왕이 거처가 없으니, 이는 반드시 본국으로 도망하였는지라. 이제 남경을 함몰코자 하나니 도독의 소견은 어떠하시니이까.」

도독이 대왈,

「이제 남경을 파하지 아니할진대, 이는 돝을 잡고 맹호를 기름이라. 어찌 후환을 두리오.」

의사가 동일한지라. 이에 부장 진합으로 더불어 위국을 지키게 하고 대병을 거느려 남경에 이르러 성하에 결진하고 즉시 檄書를 보내니, 이때 남경을 지키던 장수 마철이 크게 놀라 스스로 생각하되,

「원국의 대원수가 일정 우리 왕과 위왕을 죽이고, 또
성을 웅거하고자 왔는지라. 양국의 오십만 대병도 당
하지 못하였나니 어찌 홀로 성을 지켜 대병을 막으리
오. 차라리 곧 항복하여 잔명을 도모함만 같지 못하도
다.」
하고 즉시 성문을 열고 진전에 나와 항복하니, 원수가
內念에 생각하되,
「제가 틀림없이 거짓 항복하여 유인코자 하는가.」
하여 고성 대질 왈,
「내 비록 연소하여도 전정을 미리 아나니, 네 어찌 간
계로써 나를 유인하느뇨.」
설파에 무사에게 명하여 내어 베라 하니, 무사가 영을
받아 마철을 잡아 원문 밖으로 내어갈새, 마철이 앙천 탄
식 왈,
「내 임금의 원수 갚기를 잊고 내 몸만 살기를 생각하
다가 하늘도 유심하사 도리어 앙화를 받으니 누구를
한하리오.」
하거늘, 원수가 이 말을 듣고,
「임금의 원수란 말을 고이히 여겨 틀림없이 무슨 기미
가 있도다.」
하고, 무사에게 명하여 마철을 가두고 군중에 전령하되,
「기를 눕히고 진문을 굳게 닫으라.」
하고, 또 가만히 密令하되,
「오늘 밤에 만일 적장의 겁책이 있어도 나에게 이르지
말고 날 새기 전에는 어떤 장졸도 장대에 오지 말라.
만일 영을 어기는 자 있으면 군법으로 시행하리라.」
하니, 도독과 장졸이 다 그 뜻을 아지 못하여 가장 의혹

하더라.

　이에 원수가 홀로 촉을 밝히고 앉아 병서에　잠심하더니, 이윽고 삼경이 지나매 자연 몸이 곤하여　잠간 졸더니　홀연 非夢似夢間에 부친이 곁에 와 앉으며　길이 한숨을 지으며　원수의 손을 잡고 머리를 어루만지며 개연히 탄왈,

　「지금 國勢 시급하여 사직은 말할 것도 없거니와　天位가 위급하시니, 너는 바삐 鷄鳴山으로 갈지어다.」

하거늘, 원수가 一喜一悲한 중 대경하여 연고를 묻고자 하다가 놀라 깨니 南柯一夢이라.

　心裏에 감창한 중 天位가 급하단 말이 명명함을 생각하고 의아하여 바삐 창을 열치니　찬바람이 일어나며 하늘에는 일점의 구름이 없고 정신이 극히 명랑하거늘, 원수가 홀로 창을 짚고 가만히 장대에 올라 천문을 살펴보니, 황상이 辰地를 떠나 계명산 서편에 비치었거늘 심중에 대경하여　또 제왕의 星辰을 살펴보니 남경왕의 장성이 신지를 떠나 황성을 범하였으되　사이가 멀지 아니한지라. 원수가 대경 왈,

　「늙은 도적놈이 반드시 중원이 빈 줄 알고 가만히 황성에 들어가 황상을 침범하여　황성이 막지 못하여 親戰하시는도다. 지금 조정에 忠良之臣이 없고 소인의 무리만 있으니　황상이 어찌 평안하시리오.」

하며 鬱鬱憤然함을 이기지 못하여 즉시 도독을 청하여 이와 같은 설화를 이르니, 도독이 대경 왈,

　「원수는 어찌 아시나이까.」

　원수가 정색 왈,

　「장수 되는 자로 천문을 모르면 어찌 장수라 하리오. 지

금 천문을 보니 翼星이 흘러 長安을 범하였으니, 익성
은 남경왕의 直星이요, 미추성은 본궁을 떠났으니 이
는 황상의 직성이라. 벌써 접전하였는지라.」

도독이 몸을 굽혀 사왈,

「원수는 진실로 천신이로소이다. 나 같은 장수는 비록
진을 당하여도 가위 無用之人이라. 무엇에 쓰리오.」

원수가 미소로 不答하고 그 아래 제장을 모으고 군사
로 하여금 항복한 장수 마철을 잡아올리라 하여 이윽고
결박하여 계하에 꿇리거늘, 원수가 정색 왈,

「너를 죽여 없이하고자 하였더니 네 이미 항복하였기
로 잔명을 살리나니 삼가 조심하라.」

마철이 叩頭 再拜 왈,

「소장이 죽음에 임하였삽더니, 원수의 넓으신 덕을 입
사와 잔명을 보전하오니 은혜 白骨難忘이로소이다.」

원수가 또한 위로하고 한가지로 성중에 들어가 남경왕
의 가속을 다 베고 마철로 하여금 성을 지키라 하고 도
독을 대하여 왈,

「도독은 군사를 거느려 먼저 장안으로 가면 나는 백
성을 安頓하고 즉시 뒤를 좇을 것이니, 도독은 빨리 가
시오.」

하여 보내고 방을 붙여 백성을 按撫하고 후진으로 위
왕의 가속을 거느려 뒤를 쫓아오라 하고 즉시 남은 장
졸을 거느려 주야로 행하여 황성에 이르니, 성안의 인민
이 다 逃散하고 황상이 또한 계양산 서편에 이르러 南
兵에게 포위되었는지라.

도독이 겨우 진을 이루었거늘, 원수 왈,

「지금 적세 급하거늘 어찌 留陣하리오.」

128

하고, 이에 도독으로 더불어 군사를 재촉하여 계명산하에 다다르니 萬丈巨野에 창검이 서리 같고 억만 적병이 겹겹이 둘렀는데, 그 가운데 천자의 일군이 싸였는지라. 원수가 대경하여 도독에게 왈,

「이제 세 중하고 황상이 위태하시니, 신자 되어 어찌 죽기를 아끼리오. 우리 오늘날 사생을 결단하리니, 도독은 평생의 힘을 다하여 내 뒤를 따라 떨어지지 말라.」

하고, 인하여 칼을 두르며 衝殺하여 중앙을 헤치고 짓쳐 들어가니, 동에 번뜩 西將을 베고 남을 향하는 듯 北陣을 충살하니 그 날램과 武勇之才가 일위 대명장이요, 천신이 비룡을 타고 운무를 헤치는 듯 劍光이 번개같이 날리는 곳에 적진의 장졸이 넋을 잃고 물 끓듯 하여 사면으로 도산하는지라.

원수가 발을 짓쳐 산하에 다다르니, 천자가 일군을 거느리시고 한 언덕을 의지하여 겨우 일진을 이뤘으니, 그 위태함이 경각에 있는지라.

원수가 경황 중에도 비감함을 이기지 못하여 도독으로 더불어 급히 나아가 복지하고 청죄하니, 이때 상이 원수와 도독을 변방에 보내고 不意之變을 당하사 문무 제신과 군병을 거느리시고 親戰하시다가 적세를 당하지 못하사 垓心 중에 싸여 원국의 흥망이 朝暮에 있더니, 문득 적진이 大亂하며 일시에 潰散하여 사면으로 흩어짐을 보시고 더욱 놀라시며 어찌할 줄 모르시고 방황하시며, 제신들도 罔知所措하여 피신 방책을 궁구하다가 멀리 바라보니 일원 대장이 칼을 춤추어 重重疊疊한 억만 대병을 충살하여 지나는 곳마다 적진 장졸이 물결 갈라지듯 하며, 그 장수 뒤에 또 한 용장이 합력하여 그 허다한 적

병을 살충하여 적진을 헤치고 탑전에 이르러 말에서 내려 叩頭(고두) 揖拜(읍배)하며,

　「신자 되어 멀리 있어서 상의 위태하심을 모르고 지금에야 이르렀사오니 죄 마땅히 감수하겠나이다.」

하거늘, 상이 보시니 다른 사람이 아니라 이는 곧 대원수 장수정이요 대도독 김희경이라. 상이 대경 대회하사 급히 양인의 손을 잡으시고 반겨 왈,

　「이리 됨은 다 짐의 不德(부덕)함이라. 어찌 경들의 죄리오.」

하시며, 인하여 좌정하시고 패한 사연을 이르시며 남경왕의 용맹을 일컬어 가로되,

　「老敵(노적)이 세 번 싸우매 대국의 장수 아홉을 죽이고 짐이 또한 이곳에 싸여 위태함이 경각에 있더니, 경들이 이미 위국을 파하고 이제 와 급함을 구하니 그 충성을 말로 다 못하려니와 남경의 노적은 용맹이 과인하니, 경들은 輕敵(경적)치 말라. 내 근심하노라.」

하니, 원수가 혼연 돈수 대왈,

　「이 도적을 위국에서 위왕과 한가지로 죽이지 못하여 한탄스럽사옵거니와 어찌 豚犬(돈견) 같은 무리를 근심하오리까.」

하니, 상이 위국에서 죽이지 못하였단 말을 모르시고 그 연고를 묻자오시니, 원수 대왈,

　「남경왕이 위왕으로 더불어 모반하였사옵니다.」

하고, 위왕으로 더불어 모반하던 말씀이며, 또 위왕을 생금하고 그 가속을 가두고 남경으로 들어가 그 성을 지키던 장수로부터 항복을 받아서 저로 하여금 성을 지키게 하고 왕의 가속을 다 죽이고 바로 황성으로 올라온 연고를 갖가지로 주달하오니, 상이 대찬하사 왈,

「경들의 재주가 이러하니 짐이 어찌 변방을 근심하리
  오.」
하시더라.
  이때에 군사가 보하되,
  「남경왕이 철기를 거느려 싸움을 돋우나이다.」
하거늘, 원수가 분기를 참지 못하여 칼을 들고 일어서며
왈,
  「황상은 소장의 재주를 보옵소서.」
하고 나는 듯이 上馬하여 나아갈새, 상이 경적치 말라
당부하시니, 원수가 부답하고 내달아 크게 외쳐 왈,
  「반적은 나를 속이고 이곳에 와 천위를 범하니 내 어
   찌 네 꾀를 모르리오. 내 이미 위왕을 생금하고 또너
   의 나라를 함몰시키고 네 가속을 다 베고 왔나니, 빨
   리 목을 늘여 내 칼을 받아라.」
하니, 남경왕이 장원수가 왔음을 보고 심중에 대경하나
또한 분함을 이기지 못하여 장창을 두르며 급히 달려들
어 서로 맞아 싸워 승부를 다툴새, 원수가 크게 소리 질
러 왈,
  「너 같은 도적을 한 번에 베지 못하면 어찌 장수라 하
   리오.」
  말을 마치고 칼을 들어 남경왕을 치니, 한 줄 무지개
가 서며 남경왕의 머리가 검광을 좇아 땅에 떨어지는지
라. 그 머리를 칼 끝에 꿰어 들고 좌충우돌하여 춤추며
본진으로 돌아오니, 상이 도독으로 더불어 장대에 올라
바라보더니, 未及幾合에 남경왕을 벰을 보시고 대희 대
찬하사 왈,
  「장수정은 짐짓 천신이로다.」

하시니, 도독이 또 그 기리심을 인하여 위국에서 천병 만
마를 헤치고 자기를 구하던 말씀을 여쭈오니, 상이 못내
칭찬하시더라.

원수가 장대에 나아가 남경왕의 머리를 올리니, 상이
대열하사 원수의 손을 잡으시고 칭찬하시며 왈,

「경의 재주는 진실로 萬古無雙이라. 짐이 어찌 변방을
근심하리오. 이제 양국을 파하여 경의 공이 적지 않고
또 이는 국가의 萬幸이라. 무엇으로 경의 공을 갚으리
오. 짐이 환궁 후 천하를 반분하리라.」

하시니, 원수가 황공하여 돈수 주왈,

「이는 다 폐하의 洪福이요 제장의 힘이며, 신의 공은
아니로소이다.」

하더라.

이때 남경의 군졸이 저의 왕이 죽음을 보고 놀라며 서
로 전하여 왈,

「장원수의 용맹은 萬夫라도 당치 못할 것이요, 양국이
이미 함몰하였으니 우리도 속히 항복하여 목숨을 도
모함이 양책이라.」

하고 일시에 항복하는지라. 상이 그들을 불러 보시고 각
각 상사하신 후 놓아 보내시며 고향에 돌아가 부모 처
자를 봉양하라 하시니, 모든 장졸들이 서로 즐기며 성덕
을 축수하고 만세를 부르는 소리 천지를 진동하더라.

於時에 상이 班師하시고 황성에 환궁하신 후, 출전하
였던 장졸들을 위로하실새, 장학사로 青州侯를 봉하시고
이부상서 장자영을 追贈하사 魏國王을 봉하시고 금은 보
화를 많이 상사하시며 조서하사 가라사대,

「청주후 장수정은 위국왕의 고혼을 위로하라.」

하실새, 예관을 명하사 제문과 제물을 하사하시며 김한
림으로 이부상서를 시키시고, 평장사를 승상으로 돋우시
어 금은 보화를 많이 상사하시고 나머지 제장은 차례로
벼슬을 돋우시고, 사졸들에게는 은전과 필목을 많이 상
사하시니 모든 장졸이 천은을 축사하더라.

　차시 후군의 장수가 위국왕을 잡아 대령하거늘, 상이
분하시나 특별히 倫紀를 돌아보사 決棍 오십도로 重治
하시고 본국으로 보내실새, 위국의 십만호를 삭제하여 본
국으로 붙이시고 대연을 배설하여 즐기실새, 상이 친히
잔을 잡아 원수와 도독에게 권하여 칭사하시니, 양인이
御酒를 받들어 고두 사은 왈,

「이는 모두 다 폐하의 넓으신 덕이요, 제장의 충성이
라. 어찌 신들의 공이 되오리이까.」

상이 위로하여 가라사대,

「경들이 아니면 원국의 사직과 짐의 명이 어찌 오늘 이
같이 있으리오.」

하시니, 양인이 고두 사은하고 물러가니라.

　김상서가 집에 돌아오니, 부모 친척과 최씨가 맞아 반
기며 기뻐하매 家中이 진동하더라.

　학사도 만리 重地에 가서 반년 만에 得功하고 무사히
돌아오되, 부모의 영화와 雁行의 반김이 없으니 悲懷가
자못 감창함을 참지 못하여 사묘에 들어가 일성 통곡한
후, 즉시 정부인께 뵈오니, 부인이 오래 그리던 정으로
못내 반기며 설랑과 영춘도 오래 그리워하고 조심하다
가 공을 이루고 무사히 돌아오니 반갑고 즐거운 중 先
主人을 추모하여 일희일비하더라.

　이후로는 천하가 태평하고 국가가 무사한지라. 상서는

청주후로 더불어 조회를 파하면 매일 서당에 모여 詩酒로 소일하더니, 이러구러 明秋를 당하여 국화는 만발하고 단풍은 더욱 가경이라. 深深不樂하여 양인이 강호의 풍경을 생각하고 학사를 청하여 왈,

「이제 우리 바야흐로 重陽을 당하니 강호의 풍경이 가상할지라. 변방의 띠끌이 조용하고 조정에 일이 없으니 예 보던 풍경을 다시 찾음이 어떠하뇨.」

학사 또한 그럴 뜻이 있던지라, 흔연히 응낙하고 가고자 하더니 문득 황상이 학사와 상서를 命招하시니, 양인이 무슨 일인 줄 모르고 즉시 조복을 갖추고 한가지로 謁闕 趨進하오니 상이 引見하시고 왈,

「이 사이 경들을 자주 보지 못하므로 불렀노라.」

하시고, 인하여 연왕을 부르시니, 연왕이 들어와 상을 뵈옵고 다음으로 학사와 상서께 예로써 뵈오니, 양인이 불승황공하여 경건히 답례하오니 상이 웃어 왈,

「연왕이 비록 짐의 천자이나 경들의 제자라. 어찌 不安之心을 두느뇨.」

하니, 양인이 돈수하고 부당함을 주달하더라.

상이 使命하실새 어주를 내어 양인에게 권하시니, 양인이 불승황공하여 천은이 융숭하심을 축사하고 종일토록 모셔 말씀하더니, 야심한 후 제신을 물리시고 상서와 학사를 나오라 하여 양인의 손을 잡으시고 그윽이 眷念하시다가 용안에 웃음을 띠어 가라사대,

「짐이 경들에게 부탁할 말이 있나니 즐겨 허락할 수 있겠느뇨.」

양인이 聖意를 깨닫지 못하여 복지 주왈,

「무슨 勅教인지 듣겠사옵나이다.」

상이 혼연히 가라사대,

「짐이 말년에 두 여자식을 두었으니 장녀는 인월공주요, 차녀는 명월공주라. 연왕의 동기로 궁중에서 자라 비록 문견이 淺短하나 덕행이 오히려 姙姒에서 낮지 아니하여 족히 군자의 巾櫛을 받들 만한고로, 이러므로 군자를 揀擇하고자 하되 제신 중에 오직 경들 양인뿐이라. 이로써 진정을 베푸나니, 경들은 모름지기 推託치 말고 쾌히 허락하여 戚臣之分義를 겸하여 짐의 柱石이 되면 국가의 부귀를 한가지로 누릴까 하노라.」

양인이 천만 의외에 이런 傳旨를 받자오니 심신이 惶亂하여 回推할 말이 없더니, 이윽고 상서가 돈수 왈,

「聖教 이렇듯 微臣에까지 미치오시니 황공무지하와 아뢸 말씀이 없삽거니와 신들이 어찌 폐하의 성덕을 추탁하오리이까. 하오나 신은 승상 최후의 여식을 취하여 인륜을 정하였사오니, 하해 같사온 성덕을 奉承치 못할까 하나이다.」

상이 또 가라사대,

「짐이 이 일을 모르는 바 아니로되 糟糠之妻를 위엄으로 폐하는 법은 없게 하리니, 경은 조금도 염려 말라. 최씨로 上元을 삼고 인월공주로 버금을 삼아 백년을 安享하면 이 또한 常事라. 후인이 짐의 약함을 웃으려니와 이는 약함이 아니라 경의 재주를 사랑함이요, 威勢로 인륜을 희롱하지 아니하려 하나니 경은 추호도 의심치 말고 쾌히 순종하라.」

하시니, 상서가 다시 왈,

「폐하의 성덕이 이렇듯 하옵시니 천은이 망극하오나, 자고 이래로 私情을 위하여 국법을 폐함이 없사오니,

비록 성은을 내리시오나 어찌 玉主를 욕되게 하오리이
까. 복망 폐하는 현인 군자를 택하여 駙馬를 정하옵소
서.」

상이 흔연 대왈,

「경의 말이 극히 외람하도다. 하늘이 이미 경과 수정
을 내시매 세상에 또 어찌 군자가 있으리오. 짐이 이
미 마음에 정하였으니, 인월공주로 경에게 下嫁할 것
이요, 명월공주로 장수정에게 하가할지라. 모름지기 사
양치 말라.」

하시며, 말씀이 유순하시고 위풍이 凜然하시니, 다시 아
뢸 말씀이 없어 다만 사은할 뿐일러라.

상이 또 학사에게 왈,

「경들의 과인한 재주를 사랑하여 평생의 친함을 정하
고자 하나니, 짐의 후한 정을 생각하여 조금도 꺼리낌
을 두지 말라.」

하시니, 학사가 비록 蘇秦*의 구변과 기운이 강직하나,
이 말을 당하매 심신이 戰慄하여 심중에 생각하되,

「희경은 비록 조강지처가 있어도 할 말이 없어 추탁치
못하거든, 하물며 나는 부모가 아니 계시니 내 임의로
할 것이요, 또한 父教를 듣지 못하였으니 무슨 말로써
능히 上意를 막으리오.」

이러하니 종시 사양할 말이 없으매, 다만 부복하여 사
은할 뿐일러라. 상이 다시 묻지 아니하시고 가라사대,

「밤이 이미 깊었으니 경들은 물러가 쉬라.」

하시니, 양인이 사은하고 물러나매, 궐문 밖에 나와 각
각 돌아갈새 상서가 학사에게 왈,

---

*소진 : 전국 시대의 모사. 합종책(合從策)을 말함.

「나는 이미 취처한 사람이라. 기쁨이 없으되 공주가 만일 하가 후 불연하여 조강지처를 용납치 못하게 하면 이는 남에게 원을 끼칠지라. 이로 깊은 근심이거니와, 이제 형은 일찍 同床之義를 이룬 바 없으니 근심할 바 아니라. 凱旋將軍에 온전한 부귀 될지라. 어찌 사양하리오.」

학사 왈,

「형의 말이 그르도다. 봉은 황을 따르고 오작은 오작을 따르나니, 皇天을 拒逆함이 무엇이 좋으리오. 그러나 내 일찌기 이참정의 恩養함을 입었더니, 참정이 임종시에 그 자녀로써 내게 의탁을 청하였으니 비록 성례는 아니 하였으나 피차 언약이 완전하니, 이제 공주를 취할진대, 이는 은혜를 배반하고 의를 잊는 것이니, 남자로서 차마 못할 바이라. 결단코 황명을 좇지 아니할 것이로되 성덕을 배반함이 不仁不忠한고로, 다만 유유히 물러났으나 사세가 난처하여이다.」

상서 대경 왈,

「연즉 형이 어찌 진정을 아뢰지 아니하였나이까.」

학사 소왈,

「형의 有妻함도 혐의치 아니하시거든 나의 정혼함을 개의하리오. 이러므로 뜻을 내지 못하였거니와 이제 집에 돌아가 명일 표를 올려 죽기로써 거절코자 하나이다.」

상서 대왈,

「불연하다. 이참정과의 언약도 어렵고 황상의 후은도 저버리지 못할지라. 아무렇거나 君命에 순종한 후에 다시 상달하여 이참정의 유언을 좇으면 이는 충과 의를 雙全함이니, 생각하여 후회를 두지 말라.」

하니, 학사가 오열하여 대답치 아니하고 각각 집으로 돌아가니라.

김상서가 부모께 國命을 고하니, 평장과 부인이 대경하여 良久히 말씀을 아니 하다가 최씨를 향하여 왈,

「공교롭게 공주가 下嫁하면 지존의 혈맥이라. 만일 어질지 못하면 賢婦의 悲慘이라. 어찌하리오.」

하며 불평을 마지 아니하되, 최씨는 조금도 두려워하는 빛이 없이 안색을 自若히 하고 말씀을 화려히 하여 왈,

「이는 다 天命이요, 남자의 好事라. 어찌 미리 근심하오리이까. 공주가 하가하면 糟糠을 폐함은 떳떳한 국법이거늘, 황상의 은덕이 지중하사 부녀의 情地를 감동시키니 하해 같사온 은덕을 실로 감축하올지라. 어찌 근심하오리이까. 바라건대 舅姑는 달리 懷疑치 말으소서. 순순히 황명에 순종하여 후환을 면하오면 이는 轉禍爲福이오니, 다시금 생각하사 天意에 항거치 말으소서.」

하는지라.

최씨부인의 언어에 법도가 있고 기색이 유화하여 조금도 근심하는 빛이 없으니 일가 제인이 다 칭찬하고, 평장이 또한 안색을 고쳐 왈,

「善哉라. 네 말이 희경으로는 미칠 바 아니로다. 공주도 賢心이 이 같을진대 어찌 근심하리오.」

하며 자탄함을 마지 아니하며, 상서가 더욱 그 貞心에 항복하더라.

이튿날 太史官이 황명을 받자와 길일을 택하여 두 집에 통할새, 불과 수일이 격하였는지라.

이때 장학사는 집에 돌아와 조복을 벗고 시름없이 書
案에 비껴 앉아 千思萬度하여도 황명을 면할 길이 없으매
흉격이 막혀 불평하여 울울한 심회를 진정치 못하더니,
문득 태사관이 길일을 전하거늘 더욱 대경하여 어찌할
줄 모르고 거짓으로 惶惶하여 식음을 全廢하고 근심과
수심에 잠겨 하염없이 눈물이 떨어져 옷깃을 적시거늘,
설랑과 영춘이 그 기미는 모르고 행여 나라에 무슨 근심
이 있는가 하여 이에 나아가 학사를 대하여 왈,

「소저께서 평일에 길흉간에 소비들을 外待하심이 없삽
더니, 오늘은 어찌 홀로 예 없이 愁懷 첩첩하시니 어
찌된 일이시니이까.」

학사 대왈,

「세상에 사람이 천지를 속이고 음양을 가리면 실로 앙
화가 없지 못하도다. 이제 황상이 나로써 부마를 삼고
자 하시니, 비록 남자라도 즐겁지 아니하려든, 하물
며 나는 근본이 규중 여자라. 이제 황명을 거역하기도
어렵고 좇고자 한즉 나중의 처치할 방도가 막연한지
라. 장차 어찌하면 평안하리오. 너희들은 비록 여자나
생각해 보라. 내 비록 여자이나 세상에 나서 풍상을 고
루 겪고 이제 등과하여 벼슬이 공후에 이르니 만조가
내 지혜를 좇고 황상이 또한 내 말씀을 좇으시니 邊
地에 나가도 두려움이 없더니, 오늘 이 일을 당하니
흉금이 아득하고 심신이 어지러워 左思右量하되 계교
가 없고 事勢兩難하여 이 일이 적은 일이 아니니, 너
희는 식견이 넓으니 행여 깊은 식견이 있는가 묻노니
어찌하면 좋으리오. 上意를 존중하면서 또한 나의 몸
이 평안하게 생각하여 보라.」

영춘이 이 말을 들으매 驚惶 失色하여 沈吟 良久에 왈,
「이는 반드시 하늘이 시키심이요, 인력이 아닌 줄 어찌
모르시나이까. 하늘이 사람을 내시매 남녀를 분간하여
인륜을 정하심이거늘, 소저께서는 이제 천의를 거스려
칠년 동안이나 남자로 행세하여 음양을 가리웠으니 사
람은 무심히 속으나 하늘이 어찌 무심하리오. 이러므
로 이제 공주의 몸을 빌어 소저의 女道를 回復하고자
함이라. 이 일이 아니면 뉘 능히 소저의 뜻을 돌이켜
깨닫게 하리오. 소저는 이제 연기 이십 춘광이 겨웠으
니 김상서를 속임도 오래이옵고, 또 나이 많도록 수
염도 아니 나고 娶妻를 아니 하시면 시속 사람이 다 의
심하리니, 이때를 당하면 소저가 비록 蘇秦의 구변과
諸葛亮의 지혜 있으나 어찌 세상 사람의 입을 막으리
오. 이때를 타 황상께 사세를 아뢰지 아니하면 지금
은 황명을 順受하나 나중에 처치하기 어려울지라. 남
의 의심에 의해 일이 탄로나면 곤고히 남의 웃음을 면
치 못할 뿐 아니라 당세에 용납치 못할 죄인이 되리
니, 그때를 당하여 실신한 웃음을 어찌 감당하리오. 古
詩에 일렀으되, 順天者는 存하고 逆天者는 亡이라 하
였사오니, 소저는 이제 하늘이 시키시는 일을 좇지 아
니하시면 나중에 어찌하려 하시나이까. 소저는 익히
살피사 이런 때를 타 진정을 上達하여 紗帽를 花冠으
로 바꾸면 玉帶를 紅裳으로 換着하여 玉簾錦帳 가운
데 아름다운 학사의 숙녀 되시면 이는 여자의 기특한
재명이라. 후세의 기림을 받으려니와 그렇지 아니하
면 천고의 기롱을 면치 못하리니, 소저는 세 번 생각하
사 후에 꺼리낌이 없게 하소서.」

하며 누누이 간하니, 학사가 듣기를 다하매 안색이 천
연하고 기운도 자약하여 세세히 생각하니, 그 말이 당당
유리한지라. 홀연 깨달아 가로되,

「선재라, 네 소견의 밝고 밝음에 내 어찌 미칠 바리오.
가석타, 나의 일이여. 만조 백관이며 천하의 인민이 나
의 이름을 들으면 恐惻(공접)치 않을 이 없더니, 일조에 건
곤이 바꾸어 玉堂(옥당)의 大臣(대신)이 深閨(심규)의 여자 되니, 어찌 한
심치 아니하리오. 칠년 공업이 속절없이 그림자의 넋
이 되도다.」

느끼며 장탄함을 마지 아니하니, 영춘이 개유 왈,

「소저의 말씀은 그 하나는 아나 둘은 모르시는도다. 자
고로 공명은 화의 근본이라. 누추한 줄을 몰라 물러가
지 아니하면 나중에 殃禍(앙화)가 미치나니, 이러하므로 두
목지가 陶淵明(도연명)을 부끄러워 錦帳(금장)을 불지르고 갓끈을 문
에 걸었으니, 장한이 江東(강동)을 못 잊어 추몽에 돌아감으
로 옛 사람의 빛난 이름이 만세에 유전하였나니, 어
찌 세상의 부귀 공명을 길이 탐하리오.」

하니, 학사가 다만 장탄뿐이더니 문득 筆硯(필연)을 내어 표
를 지어 소매에 넣고 문 밖에 나가 월하에 이윽히 배회
하다가 야심한 후에 들어와 轉輾不寐(전전불매) 잠을 이루지 못하
더니, 동방이 밝으매 표를 올릴새 표에 하였으되,

「태학사 병부상서 연왕태부 청주후 장수정은 삼가 백
배돈수하옵고 陳情表(진정표)*를 아뢰옵나니, 신첩은 罪惡(죄악)이 중
하와 본디 深閨(심규)의 약질로 명도가 기박하여 십세 전에
자모를 여의옵고 아비의 잔명을 좇아 겨우 부지하옵
더니, 餘厄(여액)이 未盡(미진)하와 아비가 소인의 참소를 입어 북

---

* 진정표 : 공명(孔明)의 《출사표(出師表)》와 병칭되는 명편.

해에 적거하오매 신첩이 일신을 의지할 곳이 없는지
라. 아비의 일로써 크게 근심하오나 황명이 지중하와
머무르지 못하오매, 할 수 없사와 유모와 시비에게 신
첩 한 몸을 부탁하고 떠나가오니, 그때 父女의 情地 망
극하옴은 다시 아뢰올 말씀이 없사오며, 한 번 이별이
북해에 망극하오매 두 번 모임의 기약이 망연하온지
라. 죽어 만사를 잊고자 하오나 부모의 혈육이 신첩
일신뿐이라. 차마 아비의 바램을 끊지 못하와 殘命을
부지하오나 孑孑單身이 依托無路하와 閨中處身에 인
심이 두렵사와 어미의 표제 정시랑 정숙을 찾아가옵
더니, 탁주 땅에 이르러 지금의 이부상서 김희경이 마
침 過行하는 길에 신첩의 행함을 듣잡고 예로써 구혼
하오니, 신첩이 아비의 부탁을 받아 전정을 유모의 주
장에 부탁하였는지라. 그런고로 유모가 희경의 위인을
흠탄하여 즉시 허락하고 타일에 정시랑을 찾아 성례
하기로 언약하매, 신첩의 단심으로는 아비를 적소에서
신원하기 전에는 自媒하여 사람을 좇음이 불가하온지
라. 아비 천은을 입어 돌아오기를 기다려 성례하기로
정하온즉, 희경 또한 예를 폐하지 못하여 신첩의 원을
좇으나 세사를 정하지 못하는고로 古事를 의지하여
희경의 白玉書鎭과 신첩의 金環을 바꾸어 후일을 정하
온 후 각각 길을 떠나, 신첩이 탁주의 정숙을 찾아 천
신만고하여 가온즉 죄악이 갈수록 심하와 정시랑은 이
미 죽삽고 자식이 없사와 숙모는 그 외질을 찾아 원
방으로 가옵고 없사오니, 혈혈단신이 도도발섭하여 갔
삽다가 바라던 바가 끊이오니 의지할 곳이 없사와 사
세 망연하온지라. 사람이 위경을 당하오니 천지가 망

극하온 중 아비를 보고 싶은 사정을 걷잡지 못하와 국법을 잊삽고 외람한 의사를 내어 북해로 가려 하오나 萬里 長程에 여자의 隻身으로 득달하기 어려운지라. 부득이 천지를 속여 음양을 바꾸어 시비로 더불어 남복으로 換着하고 발섭도도하여 겨우 도착하온즉, 天殃이 미진하와 아비는 신병이 침중하와 이미 세상을 버린 지 삼삭이라. 그 망극함은 사해에 신첩 일인뿐이오니, 천지 망망하온 중 前 참지 소세필이 아비로 더불어 故誼가 있는고로 擇地하여 신체를 勘葬*하오니 아비의 陰魂이 九原에 막혔는지라. 간담이 끊어지옵고 일신을 粉碎하옵는 듯하와 즉시 목숨을 버려 아비의 고혼을 위로코자 하오나 아비의 백골이 만리 객지에서 썩음이 더욱 망극하와 殘命을 겨우 부지하여 아비의 해골을 輸運하여 선산에 安葬하옵고, 삼년을 지내오나 오히려 세상에 뜻이 없사와 목숨을 버리고 싶되 부모의 정령을 위로할 사람이 없사온고로 잔명을 부지하오나 主管無依하와 의지할 곳이 없사오니, 강도에게 욕을 볼까 겁이 나와 墓下를 떠나 동서로 표박하올새 女道를 정하고자 하오나 의지 없는 몸이 처치가 어렵사온지라. 남복을 벗지 못하옵고 流離乞食하며 세월을 보내옵더니, 유모와 시비 등이 희경을 생각하고 찾아 의지하고자 가온즉 희경이 또한 離鄕하온지라. 종적이 묘연하고 志向이 無處하오니 到此지도에 백이사지하와도 세상에 머물러 조금도 유익함이 없삽기로 병진년 칠월 망일에 유모와 시비로 더불어 삼인이 碧海水에 몸을 던지오니, 奴主 삼인의 혼백이 창랑을 좇아 표류하

---

*감장 : 장사 지내는 일이 끝남.

옵더니, 명천이 살피사 마침 전 참정 이영찬이 선유하

옵다가 세 사람의 신체가 물결에 떠 있음을 보고 잔잉

히 여겨 건져내오니, 이미 죽은 것을 약을 써 삼인을

살려내오니 은혜 망극하온 중 신첩의 의지 없음을 불

쌍히 여겨 아비와 竹馬之誼(죽마지의)가 있다 하며 더욱 嗟愕(차악)히

여겨 노주 삼인을 제 집으로 데려다가 양육하여 수년

이 되오니 정의가 자못 깊삽더니, 일일은 영찬이 신

첩의 용우함을 생각지 아니하고 일녀가 있노라 하며 정

혼하자 하오니 무슨 칭탁으로 저의 뜻을 막으리오. 정

히 민망하옵더니, 마침 과거 기별을 듣고 잠간 피하여

나중을 도모코자 경성으로 왔삽다가 傳聞(전문)하온즉, 김희

경이 이미 최후의 여아를 취하였다 하오니 신첩이 비

록 찾고자 하오나 희경은 有信(유신)한 사람이라. 반드시 신

첩의 종적을 아오면 결단코 버리지 아니할지라. 이렇

듯 하오면 최후의 여자가 자연 불안할까 하와 남의 금

슬을 희롱한다 생각하고 生意(생의)를 못 하옵고 외람한 마

음이 스스로 나옵기에 차라리 桂花(계화)를 꺾어 청운을 밟

으면 아비의 원도 씻고 祖先奉事(조선봉사)도 받들고자 하여 감

히 天聰(천총)을 가리고 場中(장중)에 참례하옵더니, 천은을 입사

와 요행으로 참방하옵고 이제 벼슬이 공후에 있사오

니 부귀 영화가 일신에 극진하온지라. 夙夜(숙야)에 兢兢業(긍긍업

業(업)하오매 충성을 다하와 성덕을 만분지일이나 갚삽고

세상을 하직하고자 원하옵더니, 갈수록 천은이 망극하

사 이에 공주로 신첩에게 하가하라 하옵시니, 신첩이

惶恐無地(황공무지)하와 성교를 받들 말씀이 없는고로 물러나와

일장 표로 진정을 상달하오며, 칠년이나 성총을 가리

웠사오니 罪死無惜(죄사무석)이옵거늘 어찌 방자한 뜻을 두어

근본을 隱諱하오리이까. 전일 변지에 나아가 천병만마를 당하여도 조금도 두려움이 없삽더니, 성교가 여차하오신 후로는 三魂이 飛越하옵고 雷電霹靂이 머리에 엄한 듯하오니 신첩의 欺君罔上한 죄를 다스리사 후인을 징계하옵소서.」

하였더라.

상이 覽畢에 대경하사 良久無言하시다가 다시 재삼 그 표를 보시고 龍床을 치시며 대찬 왈,

「善哉라, 美哉로다. 어찌 만고에 이런 일이 있으리오. 기특타 장수정이여! 세상에 여자 되어 어찌 이런 大略이 있던고. 문필은 고사하고 무예 또한 이같이 장활하리오. 실로 고이하도다.」

하시며 嗟嘆不已하시더니, 이때 연제왕과 좌우 제신이 모두 다 경동치 않을 이 없더라. 상이 다시금 장탄 왈,

「가석타! 짐이 믿은 바 수정과 희경뿐일러니, 수정이 이제 조정을 하직하니 실로 짐의 한 팔을 잃었도다. 어찌 아깝지 아니하리오.」

하시고 批答하시되,

「천만 뜻밖에 경의 小史를 보니 일변 놀랍고 일변 아름다움을 가누지 못하리로다. 짐이 경의 재주를 사랑하여 후의를 맺고자 하였더니, 뜻을 이루지 못하고 도리어 柱石之臣을 잃으니 짐의 右手를 잃은 듯하여 뉘우치나 어쩌지 못하도다. 짐이 경들을 얻은 후로는 태자와 연제왕은 비록 두어 달을 못 보아도 오히려 그립지 아니하되, 오직 경들은 하루만 못 보면 그리워함이 무궁하더니, 이제 이 일을 당하니 어찌 감창치 아니하리오. 경의 진정이 여차하거니와 짐이 경의 공을 저

버림이 또한 不德이 아니랴. 이런고로 大司馬는 여자에게 不關하니 印綬를 거두거니와 태학사는 본직인고로 그저 두어 경의 공을 표하나니, 일삭에 한 차례씩 조회를 폐치 말고 짐의 뜻을 저버리지 말라.」

하였더라.

학사가 전지를 받사와 불승감축하여 그 不敢함을 사양하되 상이 不允하시니, 학사가 마지 못하여 俯地謝恩하고 집에 돌아와 바로 부모의 사당에 나아가 재배 통곡하고 男化爲女하는 뜻을 고하고 의복을 환착하여 丁丁한 남자가 문득 변하여 天天한 여자 되니, 학사가 비회를 금치 못하여 일장 통곡을 마지 아니하니, 설랑과 영춘이 백단으로 개유하여 그치니라.

이날 상이 장수정의 행적을 못내 흠탄하사 그 표를 조정에 내리사 제신에게 보게 하시니, 백관이 모두 다 칭찬 않을 이 없더라.

이때 상서 김희경이 또한 그 표를 보고 불승경탄하며 良久無言일러니, 미구에 喜氣가 가득하여 기꺼이 그 표를 소매에 넣고 집에 돌아오니, 평장과 부인이 최씨로 더불어 중인이 모두 다 말하거늘, 상서가 들어가 좌정 후 소매에서 한 장 표를 내어 좌중에 놓고 장학사의 말을 고하니, 평장이 그 표를 보고 대경 차탄 왈,

「그 自明함이 여차하며 또한 충성이 이렇듯 장하리오.」

하고 경탄함을 마지 아니하니, 모든 사람들이 탄복 않을 이 없더라. 평장이 상서에게 왈,

「제 이미 근본을 自破하여 벼슬을 갈고 규중에 들었으며, 표에 結盟함과 수절할 것을 베풀었으니 오직 너의 근심이라. 네 이제 최씨가 있고 또 공주와 결혼하

였으니 장씨를 임의로 못할지라. 네 소견은 어찌하
고자 하느냐.」

상서 대왈,

「또한 어렵지 아니하여이다. 상이 학사를 중히 여기
시는 바요, 소자와 결맹한 것을 또한 아시오니, 공주
를 위하여 저를 저버려 홀로 심규에서 늙게 하실 리 없
삽고, 또 타문에 가라 하실 리 없사오리다. 성상은 인
덕하신지라. 어찌 신자의 倫紀를 살피지 아니하시리이
까.」

하고, 드디어 궐하에 나아가 疏를 올렸으니, 그 소에 하
였으되,

「이부상서 겸 齊王師 춘방 한림 김희경은 삼가 후회를
상달하나이다. 신이 처음에 장수정으로 더불어 결혼하
였삽더니, 세사가 그릇되어 수정이 신의 종적을 찾지
못하여 외람히 남복으로 환착하고 사해를 유리하옵다
가 사세 절박하여 벽해수에 빠졌사오니, 그 후에 이
영찬이 구하였음을 아지 못하옵고 또 부모가 믿은 바
는 소신뿐이라 후사가 늦어 가니 이는 宗嗣의 대사라.
부득이 최씨를 취하였사오나 수정을 위하여 사당을 세
우고 사시 향화를 끊이지 아니하고 있삽더니, 연전에
수정과 同榜登科하였을 제 다만 수정이라 한즉, 저의
오라비인가 하고 그 變服하였음을 생각지 못하였삽더
니, 천만 의외에 수정의 소를 보오니 음양을 바꾸어
성상을 속이오며, 다음으로 소신을 속이옴이 심하오니,
이는 다 소신의 불민함이로소이다. 이제 근본을 아온
후 어찌 언약을 저버려 無信無義를 행하오리이까마는,
두려워하건대 폐하께서 성덕을 내리오사 최씨를 폐하

지 아니하심도 소신의 방자함이 심하였삽거든 어찌 장
씨를 自斷 處置하오리이까. 진정한 所懷를 아뢰오니 신
자의 윤기를 살피소서.」
하였더라.

상이 남필에 웃으시고 批答하시되,
「장수정의 표를 보아 경의 成約함은 이미 알았나니, 짐
이 어찌 한 공주를 위하여 경의 의리를 잃게 하며 또
한 수정을 홀로 청춘으로 늙게 하리오. 수정이 당초에
女化爲男함과 이제 男化爲女함이 도시 천수라. 경이
일찍 만나지 못한 것은 최씨와의 인연을 이루게 함이
라. 어찌 인력이 미칠 바리오. 太夫가 세 부인을 얻음
은 떳떳한 일이라. 어찌 혐의가 되리오. 전일 태사의
택일이 길하니, 그날 한가지로 예를 이뤄 백년을 安享
하라.」
하였더라.

상서가 傳旨를 받자와 사은하고 집에 돌아와 부모께 고
하니, 평장과 부인이 기뻐하나 너무 번화함을 근심하더라.

상서가 중심에 대열하여 친히 나아가 장학사를 보고자
하되, 학사가 이미 조정을 버리고 심규를 지키었으니 비
록 빛나는 언약이 있으나 성례 전에 面當하려 하면 제
반드시 구차히 여길지라. 보고 싶은 마음을 겨우 진정하
고 이에 필연을 내어 일봉 서찰을 닦아 보내며 황명을
전하니라.

이때 학사는 여도를 행하매 옛일을 추모하여 심사를 정
하지 못하더니, 문득 시비가 한 봉의 서찰을 드리거늘,
받아 보니 김상서의 서찰이라. 심중에 慙愧하여 沈吟良
久에 뜯어 보니, 그 글에 하였으되,

「한림 김희경은 장부인에게 手札(수찰)을 부치나니, 천만 의
외에 군후의 表(표)를 보아 일희일비하여 혼백이 비월하니,
어찌 다시 기록하리오. 昔者(석자)에 학생이 군후로 더불어
荊楚(형초)의 객관에 유할 때 서로 언약을 굳이 정하였으니,
서진과 금환이라. 각각 임자를 나누어 서로 信物(신물)임이
명명한지라. 학생이 천성이 소활하고 또 군후와의 믿
음을 지켜 周遊天下(주유천하)하여 종적을 찾다가 벽해수에 다
다라 군후의 필적이 학생의 바램을 끊어 버린지라. 그
때에 곧 죽어 군후의 뒤를 좇고자 하나 친당이 계신고
로 차마 결단치 못하고 유유 탄식할 뿐일러니, 오늘날
보건대 군후의 믿음을 모르고 명을 버렸던들 짝 없는
혼백이 속절없이 벽해에 고혼이 되었으리로다. 옛일을
追憶(추감)하매 嗟嘻(차희)로다. 군후가 당초에 음양을 바꿈은 사
세 부득이함이어니와 나중에 학생을 버림은 군후의 女(여)
行(행)이 아니로되, 세세히 생각하매 학생이 處身無地(처신무지)로다.
이제 와 군후의 誠心(성심)을 어떻다 하리오. 군후가 문장과
칼로 영웅 되어 사해를 울리다가 일조에 천지가 변하
여 대장부가 아녀자 되었으니 심중에 嗟哀(차애)하려니와 하
늘도 어찌 매양 무심하리오. 人意(인의)로 못할지라. 처음에
피차 만나지 못함은 군후의 未盡(미진)한 餘厄(여액)이요, 또 음양
을 바꾸어 龍門(용문)에 오름은 군후의 貞心(정심)에 감동하사 忠(충)
孝(효)를 雙全(쌍전)하고 빛나는 이름을 원촌에 진동하게 함이
요, 이제 근본을 드러내어 女貌(여모)로 悔過(회과)함은 학생의 인
연이로다. 천도는 자연스러움이 있거니와 마음에 생
각하니 군후가 세상에 海漂橫行(해표횡행)하여 韓信(한신)* 彭越(팽월)*의 雄(웅)

---

*한신 : 중국 한 고조의 장신(將臣)으로 한나라 창업 삼걸(三傑)의 하나. 회
　음(淮陰) 사람. 후에 열후 억멸책(列侯抑滅策)에 의하여 피살되었음.
*팽월 : 전한(前漢) 창업 초기의 무장(武將).

才와 蕭河* 曹參*의 영웅을 겸하여 천하의 사람을 지휘하니, 학생이 또한 手下가 되었는지라. 이제 비록 칼을 버리고 벼슬을 취하여 영웅의 뜻과 여자의 마음을 변치 아니하였으니, 어찌 조그마한 맹세를 취하여 몸을 굽혀 학생의 수하 되어 女功을 甘心하리오. 이리 기별함이 외람되고 외람되나 위로 황명이 계시고 다음으로 친당의 명교를 받자와 가지는 못하고 이 뜻을 전하나니, 익히 생각하고 타일 深量하여 위엄을 감추고 전일의 언약을 따라 신의를 완전히 할진대, 충효와 절행을 겸하여 후세에 아름다운 이름을 遺傳하리니, 모름지기 고집스레 사양치 말으사 태사의 길일이 학생의 榮華로운 날이라. 친히 나아가 대면하고 말씀할 일이로되, 이미 禮法을 정할진대 길일 전에 대면은 아마 불안할 듯하기로 강잉하여 글월을 부치나니, 바라건대 세 번 생각하여 後悔를 두지 말고 한 번 回書를 아끼지 말으소서.」

하였더라.

학사가 보기를 다하고 옥수로 서안을 치며 미미하게 웃어 왈,

「내 이런 조롱이 있을 줄은 알았거니와 내 어찌 이토록 無信하리오.」

하고, 이에 회서를 닦아 보낼새 학사의 길일이 공주와 한날이매, 심중에 기뻐 아니하되 오직 설랑과 영춘은 欣喜無窮하여 그 爲主하는 정성을 가히 알러라.

이적에 상서는 장학사에게 글월을 보내고 회서를 기다

---

*소하 : 장양(長良), 한신(韓信), 조참(曹參)과 함께 고조의 공신 중의 한 사람. 재상 때 진(秦)의 법률을 버리고 《율구장(律九章)》을 만들었음.
*조참 : 중국 한 고조 때에 명재상(名宰相).

리더니, 문득 시비가 한 봉서를 드리거늘 받아 관람하니,

그 글에 하였으되,

「廢職 청주후 태학사 장씨 설빙은 부끄러움을 무릅쓰

고 답서를 부치나니, 오호라! 하늘이 사람을 내시매,

반드시 길흉을 정하였으나 첩이 일찍 명이 기박하고

勢도 窮盡하여 천지를 속이고 일월을 가리웠더니, 이

제를 당하여는 영화가 변하여 재앙이 되었으니 참괴

함이 欲死無地라. 어찌 한심치 아니하리오. 옛일을 추

감하매 새로이 至怨하도다. 이제 허물을 자책하고 세

상을 모르고자 함이거늘 군자의 수서를 보오니 수괴

함이 또한 무궁하도다. 군자가 첩으로 더불어 일시에

청운에 올라 일찍 임금의 정사를 돕고 邊地를 살펴 수

년을 동고하니 간담이 서로 비쳐 知己를 허하였더니,

군자인들 어찌 믿음을 저버리며 첩인들 信을 잊으리

오. 關張은 삼국적 영웅이라도 사생을 한가지로 하

니 桃源의 맹세가 굳음이요, 伯夷叔齊*는 주나라 적

烈士라. 首陽山에서 주려 죽으니 이는 천고의 으뜸이

라. 어찌 열사와 영웅을 無信無義라 이르리오. 첩이 당

초에 몸을 나라에 허함은 부친의 원을 씻고자 함이요,

칼을 잡고 전장에 나아감은 임금을 위하여 叛賊을 사

멸하기 위함이라. 이에 성덕을 높여 티끌이 고요하며

천하태평하니, 첩이 스스로 허물을 뉘우쳐 붓을 던지

고 조양을 대하여 아미를 차리니, 이는 군자를 위하여

몸을 돌아봄이라. 첩의 일생이 군자에게 매였나니, 어

찌 조롱할 바리오. 첩이 본디 죄악이 지중하여 일찍 부

---

*백이숙제 : 중국 상(商)나라 고죽군(孤竹君)의 아들 백이와 숙제. 무왕(武
王)이 은(殷)을 치려는 걸 말리다가 듣지 않자, 함께 수양산(首
陽山)에 들어가 굶어 죽음.

모를 여의고 초야에 생장하여 부녀의 행실이 전혀 없
고, 다만 익히 아는 바는 陣法과 劍術뿐이라. 혹 난세
에는 쓸 듯하거니와 女道에는 부당하오니, 군자는 첩
을 취하여 무엇에 쓰리오. 군자는 이미 糟糠之妻가 있
삽고 또 미구에 공주가 들어올 것이니, 마땅히 부모
의 은덕을 봉양하여 여도를 세움이 좋을 것이오니, 바
라건대 군자는 익히 생각하사 無用한 저를 眷念치 말
으소서.」
하였더라.
　상서가 見畢에 대소하고 인하여 글을 가지고 내당에 들
어가 부모께 드리니, 평장과 부인이 보고 또 웃으시고
기뻐하나 너무 활달함을 근심하더라.
　이러구러 길일이 다가오니 상서가 威儀를 갖추고 정
히 때를 기다리더니, 太監이 들어와 皇命을 전하여 왈,
　「하늘이 인륜을 정하매 반드시 차례가 있나니, 위엄을
자랑하고 형세를 믿어 선후를 바꾸면 名敎를 버림이
라. 수정이 비록 臣者이나 그 언약을 먼저 이루었고,
공주는 비록 짐의 여아이나 언약한 것이 나중이라. 선
약을 먼저 맺고 후약을 정함이 떳떳한 예라. 먼저 수
정으로 예를 이루고 다음에 공주로 迎親함이 무방하
리라.」
하니, 좌우가 다 놀라며 성덕을 축사하고, 평장과 상서
가 不勝惶恐하여 不敢함을 回奏하오니, 상이 듣지 아니
하시니라. 날이 늦으매 마지 못하여 상서가 황명대로 행
하여 길에 나아갈새, 玉顔瑩風에 吉服을 갖추고 金鞍白
馬로 학사의 부중에 이르러 奠雁한 후, 내당에 들어가 交
拜를 이룰새 상서가 눈을 들어 보니, 장소저는 머리에 花

冠을 숙여 쓰고 몸에는 紅裳을 더하였으니, 푸른 눈썹과 맑은 映彩는 日光을 희롱하고 細柳 같은 허리와 飄飄한 기상은 正正娟娟하여 衣裳을 이기지 못할 듯하니, 어찌 전일에 千兵萬馬를 거느려 창검을 잡아 적장을 베며 失石 가운데 橫行하던 豪氣라 하리오. 상서가 그 반가운 마음을 금치 못하여 錦扇을 들어 玉面을 가리고 완완히 웃어 왈,

「평일 조정에서 소매를 연하여 지내고 魏國의 전장에 나아가 베개를 한가지로 하여 은근한 정이 무궁하되, 옛날에는 이같이 반가운 뜻이 없더니, 오늘은 拜席이 넓고 동서가 멀되 정의가 가장 깊은지라. 荊楚의 객점에서 보던 안면이 依俙하도다. 아지 못하겠도다. 군후가 石鏡을 얻어 희경의 眼光을 어둡게 함이로다.」

설파에 번화한 마음을 머금어 丹脣을 닫을 적이 없으니, 좌우의 빈객이 대소하며 학사 또한 아미를 숙이고 추파를 낮추어 웃음으로 화려한 기상이 옛날 帷中에 없던 얼굴로 비컨대 倍勝한지라. 그 조화를 탄복하고 교배를 파한 후 상서가 즉시 外軒에 나와 길복을 고치고 威儀를 갖추어 공주궁으로 향할새, 모든 사람이 칭찬 않을 이 없더라.

궁에 다다라 奠雁의 예를 마친 후, 내당에 들어가 교배를 행할새 무수한 시녀가 좌우에 시위하였는지라. 추파를 흘려 공주를 바라보니, 이는 金枝玉葉이라. 玉顔明眸에 정기가 어리어 있으니 일월의 광채가 照耀하여 짐짓 三夫人이 차등이 없고 潤澤 爽闊한 거동이 저으기 장학사와 彷彿할러라. 상서가 내심에 헤아리되,

「내 나이 겨우 이십에 벼슬이 공후에 이르고, 두 부인

과 공주를 취하였으니 어찌 짐겹지 아니하리오.」

하며, 날이 저물매 洞房에 나아가 쉬고자 하다가, 문득
생각하되,

　「황상이 이미 장학사로 하여금 먼저 성친하기를 허하
　여 계시니, 오늘 밤에는 학사의 부중에 나아가 쉬리라.」

하고, 즉시 중당에 나아가 의관을 정제하고 단기로 나오
니, 궁중의 노소인이 그 연고를 모르고 바삐 들어가 공
주께 고하니, 공주는 들을 따름이로되, 유모 정씨 발연
왈,

　「부마가 어찌 無禮함이 이렇듯 하리오. 장씨를 위하여
　玉主의 위엄을 업수이 여기니, 마땅히 성상께 품하여
　장씨를 폐하고 후환을 덞이 옳도다.」

하니, 공주가 변색 왈,

　「어미는 어찌 이런 말을 하느뇨. 장씨는 古舊恩情이 있
　고, 나는 곧 新人이라. 하물며 次序가 분명하고 성상
　의 칙교가 있으니, 저를 먼저 찾음이 아름답지 아니하
　리오. 만일 부마가 이곳에서 머물면 이는 위엄이 두
　려워하여 신의를 잊음이니, 어찌 군자의 할 바이리오.
　내 부마의 行止와 법도 있음에 항복하나니, 어미는 고
　이한 말을 내어 나에게 허물을 끼치지 말라.」

유모가 無聊하여 대왈,

　「옥주의 말씀이 과연 마땅하오나 부마가 古義를 찾을
　진대 밝히 이르고 갈 것이거늘, 심야에 출입을 가만히
　하시니, 이는 옥주를 업수이 여김이라. 어찌 애닯지 아
　니하리오.」

공주가 대소 왈,

　「어미의 나이 오십이 넘었으되 세상사를 아지 못하니

실로 한심하도다. 대장부가 세상에 처함에 四海에 집
이 있고 八方에 家母 있다 하니 어찌 출입을 여자에
게 품하리오. 진실로 어미의 말 같을진대, 부마는 세
상에 녹록한 사람이 되리로다. 어찌 가소롭지 아니하
리오.」
설파에 玉齒를 半開하고 낭랑히 웃으니, 유모가 할 말
이 없어 묵연히 물러나니라.

이때 학사는 상서를 궁으로 보내고 설랑과 영춘으로
더불어 촉을 대하여 옛일을 말하며 서로 심회를 위로하
더니, 문득 시비가 들어와 상서가 오신다 고하거늘, 학
사가 대경하여 피하고자 하더니, 상서가 벌써 중당에 오
르니 할 수 없어 일어나 맞아 坐정할새, 상서가 학사의
황황함을 보고 의아하여 坐정 후 소왈,
「군후는 어찌 학생을 外待하시나니이까. 하남 연주로
碧海 長嶺을 돌아 희경을 찾으려 할 제는 무슨 뜻이었
으며, 이제 천은을 입어 서로 만나니 백년이 오히려
부족하려돈, 홀연 나의 자취를 보고 황망히 피하고자
함은 어찌된 뜻이요.」
학사가 염용 대왈,
「첩이 구태여 군자를 외대하여 피함이 아니라 오늘이
皇道 길일이라. 정히 부마는 공주와 百年佳期를 이를
날이라. 첩이 비록 황은을 입어 군자와 성례를 이룸도
황공하거든, 어찌 공주와의 佳期에 抗拒하리오. 이는
군부를 위하지 아니하고 공주를 업수이 여김이라. 어
찌 군자를 外親하리오. 청컨대 궁중으로 나아가 길일
을 헛되이 말으소서.」
언필에 黙然端坐하여 그 씩씩하고 정대함이 北風寒雪

이요, 寒月이 秋江에 비침 같은지라. 상서가 대왈,

「학생이 오늘 이리로 옴이 私行이 아니라 황명을 좇음이니, 군후는 조금도 疑慮치 말으소서.」

설파에 띠를 풀고 衾枕에 나아와 錦帳을 지우고 촉을 물리니, 학사가 불안하나 할 수 없어 금침에 나아가 鴛鴦之樂을 이루니, 학사는 여자의 몸이 구차함을 그윽이 한탄하고 상서는 그 孑孑함을 위로하여 繾綣之情이 비할 바 없더라.

이튿날 집에 돌아가 부모께 뵈오니, 평장과 부인이 장씨와 공주의 賢否를 물으며 못내 기뻐하더라.

상서가 최씨의 침소에 나아가니, 최씨가 황망히 일어나 맞아 좌정 후, 최씨가 흔연 문왈,

「張兄의 結事함은 들었거니와 공주는 범인이 아닌고로 그윽이 염려하나이다.」

말씀이 정직하고 擧止가 溫恭하여 조금도 謙辭하는 말이 아니요, 진정을 발함이라. 상서가 내심으로 그 賢心에 항복하나 辭色치 아니하고 답왈,

「부인은 어찌 이렇듯 생을 조롱하시나이까. 자고로 敵國을 즐기는 자 없거늘, 이제 마음을 強作하여 나의 심정을 시험하고자 하시니, 실로 참 말씀이 아닌가 하나이다.」

최씨가 발연 변색 왈,

「군자는 어찌 이런 말씀을 하시나이까. 첩이 감히 一毫나 꺼리며 군자를 어찌 조롱하리오. 一夜夫婦라도 그 심정을 안다 하는데, 하물며 兩年이 지나도록 첩의 뜻을 모르오니 그윽이 한심하여이다.」

상서가 칭사 왈,

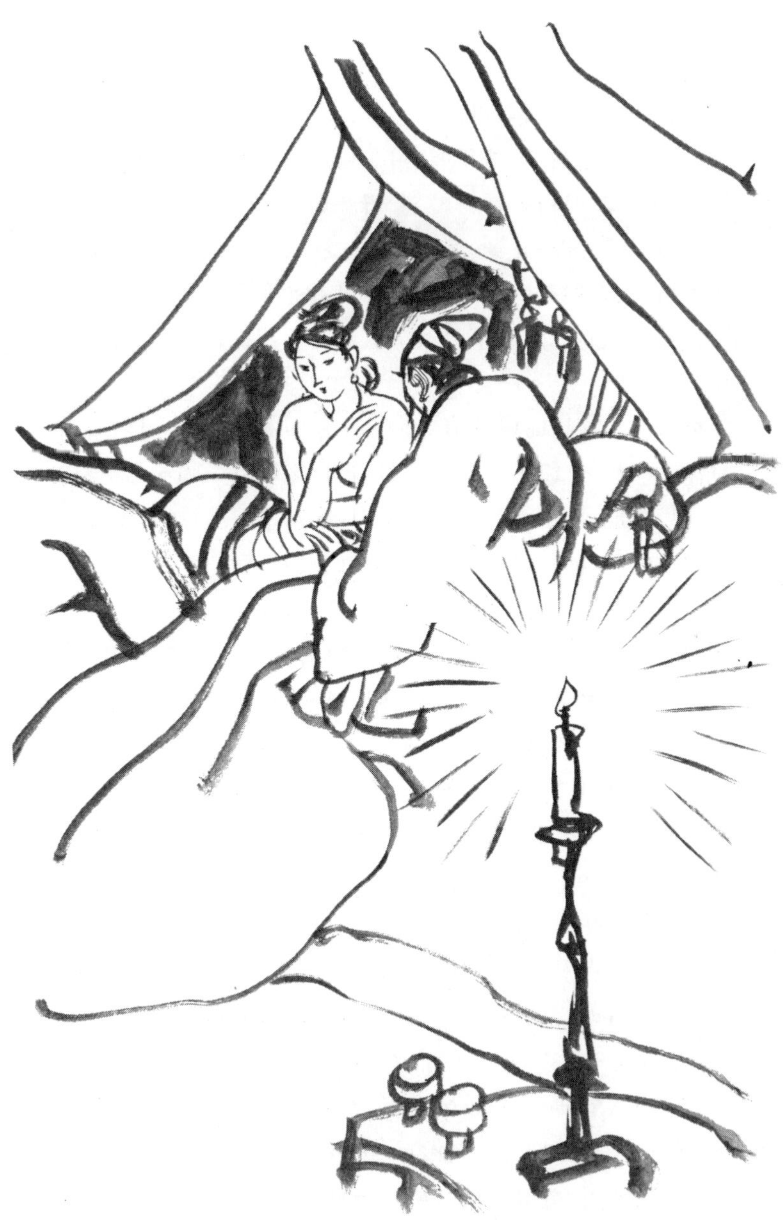

「부인의 貞心을 어찌 모르리오마는 春情에 걸려 일시 戱談이라. 모름지기 관회치 말으소서.」

최씨 無言不答일러라.

상서가 인하여 공주궁에 이르니, 바야흐로 촉을 대하여 古書를 보더니, 부마가 들어옴을 보고 일어나 맞아 동서로 좌정한 후, 눈을 들어 공주를 보니, 미색이 淸淸하고 기색이 天然하여 무단히 나아갔음을 혐의하는 빛이 없거늘, 심중에 感歎不已하고 聲音을 나직이 하여 가로되,

「학생이 장씨로 더불어 미시에 結盟을 굳게 하였삽더니, 그간 사고가 많사와 만나지 못하고 同榜에 參榜하여 邊地까지 다녀오되, 생이 용렬하여 變服하였음을 모르고, 다만 처남으로만 알고 서로 知己를 맺어 지내더니, 이제 그 종적을 아온 후 피차 버리지 못할 터이오나 성은을 저버리지 못하였삽더니, 천은이 至重하시고 玉主의 현심에 힘입어 학생이 신의를 취하오니, 옥주의 聖心에 탄복하오나 上言이 선후를 정하여 비례를 행하지 말라 하시니, 황명을 좇사와 옥주가 空房에서 외로우심을 생각지 아니하고 고인을 먼저 찾았사오니, 학생이 무례하였음을 自慙하나이다.」

공주가 염용 대왈,

「어찌 이런 말씀을 하시나이까. 부중에 장학사 한 분뿐이 아니라 또 최씨가 계시니 百年之間에 어찌 첩으로 하여금 공방이 없게 하시며, 선후가 분명하여 떳떳한 대의인데 어찌 여자의 심정을 염려하여 소소한 일에 구구히 정심을 허비할 바리오. 첩이 믿던 바가 아니니 그윽이 한심하여이다. 군자가 이렇듯 모르실 리

없사오니, 반드시 첩의 心肝을 희롱하심이라. 그렇지
아니하면 장부의 有信으로 光明正大한 일에 어찌 이런
말씀을 하리오. 명교에 가라사대, 군자는 무슨 일이 있
어도 마음을 조심하여 그른 일을 생각지 말라 하였으
니, 군자는 어찌 마음을 지어 여자의 뜻을 시험하시나
니이까. 실로 孔孟을 저버림이라. 첩이 그윽이 군자를
위하여 부끄럽나이다.」
하며, 言道가 순순하여 다시 接談하기 어려운지라. 부마
가 도리어 憮然하여 內念에 크게 칭찬하더라.

이렇듯 야심하매 촉을 물리고 금침에 나아가 夫婦之義
를 이루니, 그 繾綣之情이 비할 데 없더라.

이러구러 광음이 신속하여 明春을 당하니, 평장의 생
신이 隔日하여 바야흐로 중당에 鋪陳을 배설하고 장학
사와 공주가 신부의 예를 행할새, 석부인이 최씨와 친척
을 거느려 신부를 기다리더라.

이때 장학사는 裝束을 치레하지 아니하고 翠衫花冠에
珮玉이 鎙鎙한데, 설랑과 영춘이 시비 수인만 데리고 상
서의 부중에 이르니, 이어 공주의 威儀가 이르거늘, 한
가지로 내당에 들어가 舅姑께 폐백례를 마친 후, 석부인
인 최씨를 가르쳐 왈,
「이는 희경의 家室이라. 두 賢婦는 서로 예를 잃지 말
라.」
학사와 공주가 承命하여 나아가 피차 예를 마치며 좌
정할새, 최씨가 피하며 가로되,
「학사는 빈천할 적에 결맹하신 바요, 옥주는 至尊의 혈
맥이시고 황상이 친애하시는 친애이시라. 첩이 비록
먼저 盛門에 의탁하였사오나 대의와 신의를 생각지 아

니하고 어찌 감히 上座를 당하오리이까.」

하며 드디어 말석에 정좌하니, 학사와 공주가 또 염용 대왈,

「첩들은 말석에 당함도 過滿하옵거늘, 어찌 상좌를 바라리오.」

하니, 최씨가 굳이 사양 왈,

「첩이 김씨 문하를 떠나지 아니함은 옥주의 성덕이거늘, 마땅히 옥주의 手巾을 받들어 갚고자 하옵나니 첩이 그 同列이 되옴이 극히 외람하거늘, 하물며 어찌 상좌를 당하오리이까. 바라건대 옥주와 학사는 첩의 심정을 살피소서.」

하며, 서로 자리를 정하지 못하여 종시 앉지 못하니, 날이 저물도록 차서를 정하지 못하여 만좌가 불안하더니, 문득 시비가 보하되,

「皇后娘娘께옵서 私文을 보내어 임하였나이다.」

하고 아뢰니, 좌중이 모두 다 놀라며 평장과 부마가 피하여 외당으로 나가고 궁녀가 들어와 당상에 오르며 눈을 들어 보니, 공주가 두 부인과 더불어 말석에 섰으며 좌우의 제인이 또한 자리를 떠나 섰거늘 가장 고이히 여기더니, 석부인이 문왈,

「궁인은 무슨 연고로 陋舍에 이르시나이까.」

궁녀 대왈,

「황후낭랑께옵서 첩을 보내어 봉서를 드리오며, 황상이 또한 귀부에 傳旨를 내리오사 최, 장 양부인께 직첩을 드리라 하시기로 명을 받자와 왔나이다.」

말을 마치며 직첩을 드리거늘, 황망히 일어나 받자와 香燭을 배설하고 북향 사은 후 떼어 보니 傳旨에 하였으

되,

「짐이 총망하여 미처 깨닫지 못하였더니, 들은즉 금일
장씨와 공주가 한가지로 綣縢同坐한다 하니, 최씨 先
婦는 아지 못하거니와 장씨는 少年入朝하여 짐의 柱
石이 되었는고로 그 위인을 익히 알고, 공주는 짐의 골
육이라. 비록 배운 바 적으나 예의에 벗어난 행실은 없
을지라. 생각건대 오늘 삼인이 一室에 모여 자리를 정
하지 못할지라. 이러므로 차서를 정하여 직첩을 내리
나니, 삼가 명을 어기지 말라. 장씨가 비록 나중에 만
났으나 그 언약을 먼저 정하였으니, 장씨로 上元을 봉
하고 최씨로 貞烈夫人을 봉하고 공주로 末座를 삼나
니, 모두 다 성심으로 結義하여 백년을 安享하라.」
하셨더라.

평장과 부인이 황감하여 이에 공주와 장 최 양인을 불
러 가로되,

「황상께옵서 이제 직첩을 내리오사 차서를 정하여 계
시니 좌를 정하소서.」
하고 전지를 삼인에게 전하니, 비로소 좌를 정하여 공
주는 그윽이 기뻐하나 장, 최 양인은 불안하여 하더라.

이에 좌석이 조용하매 최씨 비로소 눈을 들어 공주와
장씨를 살펴보니, 권요 月態와 豐顔雲鬢이 쇄락 씩씩하
여 사람의 心肝을 놀래며, 鳳仙鶴骨이며 蘭心蕙質이 표
표정정하여 조금도 塵態가 없으되 찬란한 容光은 장씨
가 오히려 倍勝한지라. 최씨가 내념에 헤아리되,

「세상에 나의 적수가 없을까 하였더니, 이 두 사람을
보니 진실로 萬古絶色이라. 내 어찌 부끄럽지 아니하
리오. 그러나 학사가 저 같은 미색으로 巾服을 입고 橫

162

行天下하되 만조 백관이 일인도 의심치 아니하였으니, 어찌 신기하지 아니하리오.」

하더라.

공주도 좌우를 살펴보니, 최, 장 양인의 골격이 은은표표하여 莫上莫下되 淨淨 潤澤함은 학사가 더 倍勝하니, 중심에 흠탄함을 마지 아니하더라.

학사가 뜻밖에 상좌의 위를 받으매 자연 불안하나 사양만으로는 되지 못할지라. 순순히 좌를 정하고 눈을 들어 두 부인을 보니, 玉顔瑩眸는 중인 가운데 빼어나 江山正氣를 미간에 감추었으니 진실로 만고절색이라. 내심에 생각하되,

「내 비록 여자나 사해를 거의 보았으되 이 같은 색은 보지 못하였더니, 진실로 처음 보리로다.」

하며 흠탄함을 마지 아니하더라.

평장이 또한 빈객을 모아 외헌에서 즐길새 술이 半醉하매, 최승상이 부마의 손을 잡고 평장을 향하여 웃어 왈,

「하남에 楚雲이라는 명창이 있어 얼굴과 재주가 당금에 으뜸이라. 명공은 이를 아시나이까.」

평장은 그 뜻을 모르는고로 무심히 대왈,

「하남은 본디 땅이 좁고 인물이 적은지라. 재주 가진 창녀는 없을 뿐 아니라 초운이라 하는 창녀는 일찍 듣지 못하였나이다.」

승상이 대소 왈,

「명공이 하남에 있으되 이런 명창을 아지 못하오니 천리 밖에 있는 나만 못하도다. 초운의 자는 초연이니, 본디 하남의 명창이라. 내 연전에 석태부의 천거를 받아 그 재주를 보고 지금껏 잊지 못하나이다. 이러므로

물었삽더니, 명공은 모르노라 하시니 도리어 무안하이
다.」
평장이 대왈,
「명공이 일정 석태부의 속임을 들었도다. 하남엔 본디
이런 창기가 없나니, 어찌 숨김이 있으리오.」
하고, 석태부를 돌아보아 왈,
「형이 이러한 창기를 하남에 있다 거짓 꾸며 승상을 속
였나뇨.」
태부가 欣欣(흔흔) 대왈,
「연전에 한 명창이 청주에서 왔거늘, 내 그 위인을 사
랑하여 家中(가충)에 두었삽더니, 마침 승상의 생신을 당하
여 달리 献(헌)할 길이 없어 초운을 불러 한 번 웃음을 끼
쳤던 바이라.」
하니, 좌우의 여러 사람이 일시에 가로되,
「전혀 잊었더니, 태부의 말씀에 깨닫노라. 과연 그때
우리들도 한가지로 연석에 참례할새 천거하였음을 아
는지라. 이는 하남의 창기로소이다.」
하니, 평장이 의아 왈,
「그러면 그 창녀가 어디 있느뇨.」
하니, 미처 대답치 못하여 태부 소왈,
「승상이 전일에 초운의 재색을 사모하여 상사병이 되
었으니, 어찌 초운을 앗기리오마는 쾌히 허락하여 승
상의 원을 좇았더니, 그 후에 들으니 승상이 초운의 재
색을 타인의 權占(권점)할까 두려워 즉시 심규에 감추어 자
취를 문 밖에 내지 않는다 하더니, 금일 평장의 盛宴(성연)을
당하여 일정 그 재색을 자랑하고자 함이니 평장과 諸(제)
客(객)은 승상께 청하여 보소서.」

하니, 평장이 곧이 듣고 승상께 청하여 왈,

「昏弟라 하남에서 성장했으되 초운이라 하는 창녀는 보지 못하였나니, 승상은 한 번 불러 구경을 시키소서.」

제객이 또 청하여 왈,

「우리도 그때 초운이라는 말만 듣고 자세히 보지 못하고 떠나니 지금껏 잊지 못하던 차에, 이제 승상이 가중에 두셨다 하오니 한 번 다시 보기를 청하나이다.」

승상이 달리는 防遮할 말이 없어 크게 웃어 왈,

「내 잠시 평장을 欺弄하다가 도리어 태부의 조롱을 받고, 또 태부는 나로 하여금 평장과 모든 빈객의 보챔을 얻게 하니, 세상에 어찌 이런 奇談이 있으리오.」

하고, 드디어 부마위가 창기로 변복하여 자기의 심정을 탐지하던 사연을 낱낱이 설화하고 손으로 태부를 가리켜 왈,

「이는 다 석공의 지휘라.」

하여, 태부와 부마가 대소하고 평장과 보든 빈객이 拍掌大笑하더라.

이에 小室에서 나와 종일토록 즐기다가 석양이 되매, 빈객이 다 흩어진 후, 평장이 태부와 부마를 데리고 내당으로 들어오니, 이때 석부인이 자부 삼인과 諸族 부녀를 데리고 즐기다가 평장 태부 부마가 들어옴을 보고 서로 맞아 좌정 후, 태부가 공주의 자색을 보매 아름다움을 칭찬하고, 또 장학사를 돌아보며 흔흔히 웃어 왈,

「학사는 전일 황상의 柱石之臣이 되어 連綿 조석으로 至恭하고 위풍이 邊地에 가득하여 만민이 追尊하며 우러러보더니, 이제 乾坤이 바뀌어 廟堂의 대신이 深閨

의 여자 되어 희경의 수하가 되니, 세상사를 진실로 측
량치 못하리로다.」

하니, 학사가 羞愧하여 왈,

「천지간에 용납하지 못할 기롱을 얻으니 衆賓께 慙愧
함이 무궁하옵더니, 오늘 숙부의 과장한 말씀을 듣자
오니 더욱 處身無依로소이다.」

태우 소왈,

「이미 用兵함과 患亂藏身함이 女中豪傑이라. 어찌 부
끄럼이 있으리오.」

하며, 평장이 또한 칭찬함을 마지 아니하니, 태우가 또
최씨를 향하여 상서가 전일에 僞唱變服之事로 승상과 서
로 타투던 말을 설파하니, 좌중이 크게 웃고 피차 재주
를 치하하니, 최씨는 潛笑不答하고 상서는 미미하게 웃
을 따름일러라.

인하여 삼일 대연하고 파하니, 원근의 인민이 칭찬 않
을 이 없더라.

이때에 공주궁을 평장의 집과 맞대어 짓고 호를 昌壽
宮이라 하다.

공주가 장씨와 최씨로 더불어 한궁에 처할새, 학사는
명월당에 처하고 최씨는 벽화정에 처하고 공주는 양춘각
에 처하여 삼인이 화창하여 매일 舅姑께 문안 후, 서당
에 모여 풍월과 한담으로 세월을 보내니, 자연 날 가는 줄
모르더라.

이러구러 삼년이 지난지라. 일일은 학사가 옛일을 생각
하고 자연 마음이 울적하여 야심토록 잠을 이루지 못하
다가 영춘을 데리고 중헌에 나와 난간을 의지하여 월색
을 구경할새, 정히 三更이라. 萬籟俱寂한데 명월이 황

성을 이끌어 玉京[옥경]에 올리고 맑은 바람은 향기를 몰아 난 간에 들어오니, 檐下[첨하]에 耿光[경광]이 십분 아름다운지라.

  시흥을 참지 못하여 절구 한 수를 지어 읊으며 영춘을 불러 벽화당에 가 최부인을 모셔오라 하니, 춘이 승명하고 벽화당에 가니 최부인이 마침 촉을 밝히고 고서를 보다가 혼연히 몸을 일으켜 시비 춘빙만 데리고 갈새, 이때 부마가 공주로 더불어 야심토록 예의를 논하다가 바야흐로 취침코자 하더니, 창 밖에 燭明[촉명]이 비치며 사람의 자취 들리거늘 부마가 시비에게 명하여 물으니, 최부인이 시비와 더불어 명월당으로 가시더이다 하고 아뢰니, 부마는 들을 따름이요, 다시 묻지 아니하니 공주가 소왈,

「금야에 월색이 빛나고 풍경이 아름다운지라. 짐작컨대 양부인이 新興[신흥]을 참지 못하여 소연을 배설하고 최부인을 청하심이라.」

하거늘, 부마 소왈,

「그런즉 옥주도 참례하고자 하나 청함이 없으매 못 가나이까.」

공주가 또 웃어 왈,

「이러한고로 가기를 청하지 아니하나이다.」

부마 대왈,

「양부인과 궁안의 노소가 다 옥주의 聰慧[총혜]함에 항복하나니, 오늘은 어찌 생각이 이러하여 청하지 않음을 혐의하여 가고자 아니 하나이까. 今夜[금야]는 학생이 이곳에서 머무는 줄 다 아니, 어찌 양부인이 모르리오. 이러므로 옥주를 청하지 아니함이니, 이제 옥주가 가시면 반드시 두 부인이 반기실 것이니, 어찌 청하지 않

음을 혐의하리오.」

공주가 웃고 왈,

「그리하오면 부마의 기운을 물을지니 무슨 말로 대답

하리오.」

부마 대왈,

「이는 어렵지 아니한지라. 叔堂(숙당)께오서 初昏(초혼)에 사람을

불러 데려갔다 하소서.」

공주가 潛笑不答(잠소부답)이더니 부마가 재삼 권하매, 공주가

비로소 시비 수인을 데리고 완완히 나아가며 왈,

「이렇게 가는 것은 부마의 권함이요, 첩의 自行(자행)이 아

니오니, 마음에 방자히 여기지 말으소서.」

하니, 부마는 웃을 따름이요, 대답치 아니하더라.

부마는 학사의 울적함을 짐작하고 孤子(고혈)함을 불쌍히 여

겨 이리함일러라.

이때 최씨가 바로 명월당에 다다르니, 학사가 홀로 난

간을 의지하여 풍월을 읊다가 최씨를 보고 몸을 일으켜

예를 마치고 좌정한 후, 학사 왈,

「몸이 일찍 풍상을 만나 자연 잠이 없어 월색이 명랑

하고 풍경이 조용하기로 이에 玩景(완경)할새, 도리어 고단

함을 참지 못하여 외람함을 잊고 감히 청하였삽더니,

혐의치 아니하사 이렇듯 枉屈(왕굴)하시니 불승감사하여이

다.」

최씨가 斂容(염용) 대왈,

「부인이 어찌 이렇듯 겸양하시나이까. 水火(수화)라도 오히

려 피하지 못하거든, 하물며 부인을 모셔 아름다운 월

색을 구경하올지니, 어찌 사양하오리까.」

언필에 화촉을 내어오며 풍경을 화답할새 최씨 왈,

「금일 이러한 월색을 공주만 홀로 보지 못하오니 不勝^{불승}
感嘆^{감탄}하여이다.」

학사 대왈,

「첩의 마음이 또한 그러하오나 부마가 반드시 그곳에
계실지라. 공주가 무슨 말씀으로 몸을 빼어 나오리오.
이러므로 같이 모일 의사를 내지 못하리라 생각하나이
다.」

하더니, 문득 한 香燭^{향촉}이 花欄間^{화난간}에 오르거늘, 바라보니 이
는 곧 공주라. 서로 반김을 금치 못하여 황망히 일어나
니, 공주가 웃고 왈,

「내 비록 용우하오나 上元^{상원}과 최부인을 外待^{외대}함이 없거
늘, 이제 두 분이 한가히 遊玩^{유완}하시며 첩을 부르시지 아
니함은 어찌된 연고이니이까.」

학사가 웃고 왈,

「마침 명월이 照耀^{조요}하고 일이 없기로 최부인을 청할새,
옥주의 花形^{화형}이 없음을 극히 섭섭히 여겨 몸소 가 모시
고자 하되, 부마의 그림자가 반드시 양춘각에 계실지
라. 이러므로 감히 뜻을 내지 못하였더니, 의외에 옥
주께서 임하시니, 이는 반드시 첩들의 사모하는 정을
감창하여 서로 만나게 함이로다. 어찌 즐겁지 아니하
리오. 연이나 첩들이 이리 모였음을 어찌 알으시며, 부
마는 무슨 수로 속이고 오시나이까.」

공주 소왈,

「부마가 계실진대 무슨 연고로 속이리이까. 初昏^{초혼}에 尊^존
叔^숙이 무슨 상의할 일이 있다 하고 불러 가 계시매, 첩
이 홀로 한가함을 인하여 야심토록 앉았더니, 시비가
고하되 최부인이 이리로 가시더라 하거늘 짐작하고 왔

나이다.」

학사와 최씨가 대희 왈,

「부마가 아니 계심과 옥주의 한가하심이 실로 첩들의 행운이라 하오니 밤이 새도록 즐기사이다.」

드디어 주찬을 내어 즐길새, 공주가 잔을 잡고 양부인을 대하여 왈,

「우리 삼인이 同心結義하여 일인을 섬기오니, 어찌 동기에 지나리오. 첩의 말을 양부인은 고이타 말으소서. 짐작컨대 첩의 말과 相敵함이니, 최부인은 부마의 거문고에 속은 바요, 장부인은 오늘이 벽해수에 빠질 때 바위에 표하던 날이오니, 삼인의 혼백이 풍낭을 좇아 황천으로 향하옵다가 明天이 감동하사 용녀를 보내어 還魂을 주어 살아 나오니, 이는 다 이영찬이 장부인의 風度를 흠모하여 구혼하기로 과거를 칭탁하고 부마를 찾사오되, 부마는 이미 최씨와 성혼하였는지라. 할 수 없어 乾服으로 청운에 올라 계화를 꺾어 벼슬이 공후에 있음도 이 또한 참정의 은혜요, 최부인의 현명하신 덕이라.」

하니, 양부인이 듣기를 다하매 비감함을 금하지 못하여, 이에 명백한 답을 물으니, 공주가 含悲 대왈,

「向子에 표를 올리실 때에 만조 백관이 뉘 모르리오.」

하더라.

학사가 매양 이참정의 은혜를 생각하고 부마에게 권하여 이소저를 천거하니 부마가 대왈,

「一室에 삼부인도 오히려 과한데, 또 어찌 이소저를 취하리오.」

학사 왈,

「이는 곧 첩의 은인이라. 첩이 賤微할 때 奴主 삼인을 구하였사오며, 영찬 곧 아니면 다시 세상을 보지 못하옵고 황천의 고혼이 되었으리니, 어찌 오늘날 세상을 다시 보오리까. 바라건대 부마는 첩의 안면을 보아 버리치 마옵소서. 첩이 또한 건복으로 있을 때에 외람한 뜻을 두어 이소저와 정혼하였삽더니, 지금껏 이소저는 저를 믿고 청춘 홍안으로 深閨를 지키리니 어찌 모르는 체하며, 그때 참정의 眷愛에 防塞치 못하여 소저와 서로 안면을 상대하여 언약한 일이오며 첩이 남의 은혜를 배반하오면 노주 삼인이 天殃을 면치 못하오리니, 세상에 남녀를 毋論하고 은혜를 모르오면 背恩忘德이란 말이 있어 그 앙화가 자손에까지 미친다 하오니, 참정의 은혜를 만분지일이나 갚게 하시면 도리어 영화가 될까 하나이다.」

하니, 부마가 강잉하여 허락하고 尊堂에 사연을 고하니, 평장 부부도 기뻐하더라. 즉시 통혼하고 택일하여 李府에 보내니라.

이때에 참정 부인은 여아의 혼사가 늦어 가고 학사의 소식을 몰라 주야로 염려하더니, 의외에 부마의 통혼함을 듣고 또 택일이 왔거늘, 일변 놀라며 떼어 보니 장학사의 서간이라. 하였으되,

「학사 설빙은 돈수재배하고 참정 부인 閤下에 올리옵나니, 첩이 팔자 기박하여 女化爲男하여 세상을 속이고 청운에 올라 벼슬이 공후에 거하였삽더니, 조물이 시기하고 명천이 밉게 여기사 성상이 부마를 삼으려 하시기로 할 수 없이 벼슬을 갈고 심규에 처하였삽더니, 지금의 부마 김희경과 언약이 있었던고로 성상이 主

婚하시매 성례는 했으나 소저의 일을 생각하오니 심장이 빻아지는지라. 또 생각하온즉 소저가 타문을 섬기지 아니할지라. 부마에게 여차한 사연을 아뢰고 구혼한즉 부마는 대인 군자라 어찌 아녀자의 可惜함을 모르리오. 즉시 허락하옵기에 택일하여 보내니, 어찌 알지 말으시고 성례하게 하옵소서.」

하였더라.

참정 부인이 보기를 다하고 대경 왈,

「여자로 어찌 이다지 활달하던고. 일이 여차하니, 이는 다 天命이니, 어찌 인력으로 하리오.」

즉시 회답하여 보내고 혼구를 사려 길일을 기다리더라.

차설, 평장이 부마를 불러 왈,

「好事多魔하니, 너로 볼진대 복이 손상될까 하노라.」

부마 대왈,

「소자가 어찌 조심이 없사오리이까.」

하더라.

이러구러 길일을 당하매 위의를 갖추어 여남의 이부에 이르니, 綵華錦帳과 玉珠花簾을 꾸몄으니 華堂에 빈객이 가득하고 부마가 奠雁 후 소저와 더불어 交拜를 행할새, 소저는 紅裙翠衫으로 香風을 觸鼻하고 遠山蛾眉는 蝴蝶을 인도하며, 丹脣皓齒는 兩頰에 엉기어 芙蓉花를 먹음은 듯 細腰는 춘풍에 부치며 夭夭貞靜한 교태는 西王母* 瑤池宴에 献桃하는 듯하니, 부마가 한 번 보매 심신이 황홀하여 심중에 기뻐하더라.

이러구러 日暮西山하매 제객이 각기 귀가한 후, 夕食을 파하고 밤이 이미 삼경이라. 취침하고 이튿날 부마가

---

*서왕모 : 중국 상대(上代)에 받들었던 선녀의 하나.

소저로 더불어 참정 부인께 뵈오니, 부인이 기뻐 왈,

　「부마가 노고스러움을 혐의치 아니하고 陋舍를 빛내시니, 이는 다 장부인의 덕이로소이다.」

부마 대왈,

　「부인이 외로이 계시매 소저를 데리고 가오면 부인이 더욱 孤寂하실지라. 허물치 아니하시면 경성에 올라가 인마를 보내어 모셔가오리니, 올라오시면 좋을까 하나이다.」

부인이 답왈,

　「부마가 버리지 아니하시면 지휘대로 하오리이다.」

이튿날 行李를 차려 소저와 더불어 부인께 하직하고 떠나매, 머지 않아 다시 만날 것을 결연하더라.

차설, 부마와 소저가 경성에 올라 부모께 뵈오니, 평장과 부인이 못내 기뻐하고, 다음에 삼부인께 예를 행하니 장부인이 喜樂함은 측량이 없고 일가가 칭찬 소리 가득하더라.

부마가 참정 부인께 首末을 전하니, 부인이 그 후덕을 감축하며 즉시 인마를 차려 여남으로 보내니라.

장부인이 참정 부인이 오신다는 말을 듣고 반일정에 나아가 맞을새, 참정 부인이 장부인의 손을 잡고 반겨 왈,

　「미천한 몸이 일녀를 데리고 세월을 보내더니, 의외에 이같이 됨은 부인의 은덕이로소이다.」

장부인이 전일을 생각하여 일변 반기며 일변 부끄러워하더라. 서로 맞아 집에 돌아와 평장 부인께 뵈오니, 그 고단함을 顧念하여 동기같이 한집에 처하니, 세월 가는 줄 모르더라.

공주와 최부인이 또한 참정 부인을 친모같이 섬기니, 가

중의 영화와 화목함은 고금에 드물더라.

때에 부마가 사 부인을 취하여 광음을 모르고 지내더니 興盡悲來요, 苦盡甘來라. 평장 부부가 홀연 득병하여 세상을 버리니, 예로써 선산에 안장하고 삼년 草土를 지낸 후, 또한 참정 부인이 세상을 버리니 소저와 장부인이 哀毁 痛哭함은 慘不忍見이라. 예로써 선산에 합장하고 삼년을 지내니라.

장부인은 네 아들을 두고 최부인은 삼자 일녀를 낳고, 공주는 삼자를 두고 이부인은 사자 이녀를 낳으니, 자손이 번성하고 부귀 영화가 천하에 으뜸일러라.

長子의 명은 녕봉이요, 차사는 경봉이요, 삼사는 밍봉이요, 사자는 춘봉이요, 오자는 성봉이요, 육자는 추봉이요, 칠자는 황봉이요, 팔자는 석봉이요, 구자는 창봉이요, 십자는 인봉이요, 십일자는 화봉이요, 십이자는 양봉이요, 십삼자는 채봉이요, 십사자는 호봉이요, 장녀의 이름은 봉번이요, 차녀의 이름은 봉영이요, 삼녀는 봉월이라. 십사자와 삼녀를 두었으되 父風母襲하고 如虎如龍하니 각기 청년등과하여 한림학사며 內閣 玉堂에 清宦 要職이며 高官大爵은 金府中에 혁혁하더라.

차설, 이때는 마침 추팔월 망간이라. 일일은 후원에 觀月會를 열고 부마가 네 부인으로 더불어 월색을 완상하다가 美酒佳肴를 내어 吟風咏月하여 즐길새, 雲霄로부터 玉笛소리가 나더니 일위 선관이 내려와 부마를 향하여 왈,

「이별한 후 無恙하시나이까.」

하며 읍하거늘, 부마 답례하여 왈,

「존사를 한번도 상면치 못하였는데, 이별이란 말씀이

174

무슨 말씀이오니이까.」

선관이 미소 왈,

「三淸에서 그대 네 선녀에게 눈을 준 죄로 塵世에 謫降하였더니, 옥황상제께옵서 감동하사 죄를 특사하시와 나로 하여금 그대와 네 부인을 데려오라 하시기로 왔사오니, 지체치 말고 發程하여 가사이다.」

하거늘, 부마가 생각하되 별 도리가 없는 줄 알고 여러 자녀를 불러 忠孝節義 밖에는 행위를 하지 말라. 잠깐 경계하여 말을 마치매 옥저소리 다시 나더니, 부마가 여러 부인으로 더불어 선관을 따라 三淸世界에 오르니라. 그 여러 자녀가 望天哀痛하여 서러워하더라.

〈활판본〉

田禹治傳

──〈홍길동전〉에 버금가는 작품

　역사상의 인물을 모델로 한 작자 미상의 작품이다. 이 작품이 보여주는 행동의 실재성에 대해서는 너무 황당무개하여 어느 정도 믿어서 옳을는지 알 수 없으나 여하튼 주인공이 초인적인 행위를 한 것만은 사실이다. 말하자면 전혀 역사적인 사실을 표현해 놓지 않고 허구적인 플로트뿐이다. 이렇게 역사적인 인물을 모델로 했다 할지라도 그 내용이 역사적 사실을 표현한 것이 아니기 때문에 역사소설에 포함시키지 않고 있는 것이다.

　이 작품은 플로트에 있어서 〈홍길동전〉과 같은 부분이 더러 있다. 도술로써 탐관오리를 규탄한다든가, 국가의 재물을 가지고 빈민을 구제한다든가 국왕의 회유에 의해 조정에 들어가 벼슬을 하는 등 〈홍길동전〉을 모방한 것 같다. 그러나 더 복잡하며 구체적이고 세밀한 면과 주제의 명확성에서 본다면 〈홍길동전〉보다 나은 작품이라 하겠다. 한가지 아쉬운 점이 있다면 시대적 배경을 조선초기로 잡았으나 고려시대로 소급하였다가 다시 조선시대로 왕래하는 시대 배경의 치밀성을 결한 것이 작자의 실수라 하겠다.

전 우 치 전
田禹治傳

조선초에 松京 崇仁門 안에 한 선비가 있으니, 성은 田이
요, 이름은 禹治라.

일찍 높은 스승을 좇아 신선의 도를 배우되, 본래 재
질이 飄逸하고 겸하여 정성이 지극하므로 마침내 오묘한
이치를 통하고 신기한 재주를 얻었으니 소리를 숨기고
자취를 감추어 지내므로 비록 가까이 노는 이도 알 리 없
더라.

이때 남쪽 해변 여러 고을이 여러 해 바다 도둑의 擄
掠을 입은 나머지에 엎친 데 덮쳐 무서운 흉년을 만나니
그곳 백성의 참혹한 형상은 이루 붓으로 그리지 못했다.

그러나 조정에 벼슬하는 이들은 권세를 다투기에만 눈
이 붉고 가슴이 탈 뿐이요, 백성의 疾痼는 모르는 듯 내
버려 두니 뜻있는 이는 팔을 뽑아 내어 통분함이 이를

178

길 없더니, 우치 또한 참다 못하여 그윽이 뜻을 결단하고 집을 버리며 세간을 헤치고 천하를 집을 삼고 백성으로 하여금 몸을 삼으려 하더라.

하루는 몸을 변하여 仙官이 되어 머리에 雙鳳金冠을 쓰고 몸에 紅布를 입고 허리에 白玉帶를 띠고 손에 玉笏을 쥐고 青衣童子 한 쌍을 데리고 구름을 타고 안개를 멍에하여 바로 대궐 위에 이르러 공중에 머물러 섰으니, 이때는 春正月 초이틀이라.

上*이 문무백관의 進賀를 받으시니, 문득 五色彩雲이 滿天하고 香風이 觸鼻하더니, 공중에서 가로되,

「국왕은 玉皇의 勅旨를 받으라.」

하거늘, 상이 놀라사 급히 백관을 거느리고 殿에 내리사 焚香 瞻望하니 선관이 五雲 속에서 이르되,

「이제 玉帝 천하에 구차한 중 죽은 영혼을 위로하실 양으로 泰和宮을 創建하실새, 인간 각 나라에 황금들보 하나씩을 만들어 올리되, 길이가 오척이요 넓이는 칠척이니 춘삼월 望日에 올라가게 하라.」

하고, 言訖에 하늘로 올라가거늘 상이 신기히 여기시며 전에 오르사 文武를 모아 의논하실새, 諫議大夫가 여쭈오되,

「이제 八道에 반포하여 금을 모아 천명을 받듦이 옳으리이다.」

상이 옳게 여기사 팔도에 금을 모아 바치라 하고, 工人을 불러 일변 금을 불려 길이와 넓이의 칫수를 맞추어 지어내니, 王公卿士의 집안에 있는 것은 말도 말고 팔도에 금이 진하고 심지어 비녀에 올린 금까지 벗겨 올리니,

---

*상 : 상감(上監)의 준말. 임금님을 높여 이르는 말.

상이 기꺼하사 삼일 齋戒하시고, 그 날을 기다려 포진하
고 등대하더니 辰時쯤 하여 祥雲이 대궐 안에 자욱하고
향내가 코를 찌르며 오운 속에 선관이 청의동자를 좌우에
세우고 구름에 싸였으니 그 형용이 극히 황홀하더라.

상이 백관을 거느리시고 부복하시니, 그 선관이 傳旨
를 내려 가로되,

「고려왕이 힘을 다하여 천명을 순종하니 정성이 지극
한지라, 고려국이 雨順風調하고 國泰民安하여 福兆 무
량하리니 상천을 공경하여 덕을 닦고 지내라.」

말을 마치며, 우편으로 쌍동제학을 타고 내려와 요구
에 황금들보를 걸어 올려 채운에 싸여 남쪽 땅으로 행하
니, 무지개가 하늘에 뻗치고 비바람소리가 진동하며 오
색채운이 각각 동서로 흩어지거늘, 상과 제신이 무수히
사례하고 六宮 妃嬪이 땅에 엎디어 감히 우러러보지 못
하더라.

이때 우치는 그 들보를 가져다가 이 나라 안에서는 처
치하기가 어려운지라 그 길로 구름을 멍에하여 서공지방
으로 향하여 먼저 들보 절반을 베어 헤쳐 팔아 쌀 십만
석을 사고 다시 배를 마련하여 나눠 싣고 순풍을 타고 가
져가 십만 貧戶에 알맞추어 갈라 주고 당장 굶어죽는 어
려움을 건지고 이듬해의 농량과 종자로 쓰게 하니 백성
들은 너무나 기쁜 나머지 다만 손을 마주 잡고 如天大德
을 칭사할 뿐이요, 官長들도 또한 기가 막히고 어리둥절
하여 어찌된 곡절인지를 몰라하였다.

우치는 이러한 뒤에 한 장의 榜을 써서 洞口에 붙였는
데 그 글에는,

「이번에 곡식을 나누어 줌으로써 혹 나를 칭송하지만

이는 마땅치 아니한지라. 대개 나라는 백성을 뿌리삼고 부자는 빈민이 만들어 줌이어늘 이제 너희들이 양순한 백성과 충실한 임금으로 이렇듯 참혹한 지경에 이르렀건마는 벼슬한 이가 길을 트지 아니하고 감열한 이자 힘을 내고자 아니함이 과연 天理에 어그러져 神人이 公憤하는 바이기로 내 하늘을 대신하여 이러저러한 방법으로 이리저리 하였으니, 너희들은 모름지기 이 뜻을 깨달아 잠시 남에게 맡겼던 것이 돌아온 줄로만 알고 남의 힘을 입는 줄은 아지 말지어다. 더욱 자청하여 심부름한 내가 무슨 공이 있다 하리요. 이렇게 말하는 나는 處士 전우치로다.」

하였었다.

이때 이 소문이 나라에 들리게 되자 비로소 전후 사연을 알고 임금을 속이고 나라를 소란케 했으니 그 죄를 용서하지 못한다 하여, 널리 그 증거를 搜探하자 우치는 더욱 괘씸하게 여기고 스스로 말하되,

「약한 자를 붙들어다 허물함은 굳센 자가 제 잘난 체하는 例事인지라 내가 저희들의 굳센 것이 얼마나 안 된다는 것을 실상으로 알려야겠다.」

하고, 계교를 생각하여 들보 한 머리를 베어 가지고 서울에 가서 팔려 하니 보는 사람마다 의심 아니할 리가 없었다.

마침 討捕官이 보고 크게 고아 여겨 우치더러 물었다.

「이 금이 어디서 났으며 값은 얼마나 하느냐.」

우치가 대답하기를,

「이 금이 난 곳이 있거니와 값인즉 얼마가 될지 달아서 파는데 오백 냥을 주겠다면 팔까 하오.」

토포관이 또 물었다.

「그대 집이 어딘가, 내가 내일 반드시 돈을 가지고 찾
아 갈 터이니.」

우치가 말하되,

「내 집은 남선부주요, 성명은 전우치라 하오.」

토포관은 우치와 이별하고 나서 고을에 들어가 太守에
게 고하자 태수는 크게 놀라,

「지금 본국에는 황금이 없는데 이는 틀림없이 무슨 연
고가 있을 것이다.」

하고, 관리들을 押令하여 發差하려 하다가 다시 생각하되,

「이는 자세하지 못한 일이니 은자 오백 냥을 주고 사다
가 眞僞를 알아보자.」

하고, 은자 오백 냥을 주며 사오라 하니, 토포관이 관리
를 데리고 남선부로 찾아가자 우치가 맞아들여 예를 마
친 후 토포관이,

「금을 사러 왔소.」

하자, 우치는 응낙하고 오백 냥을 받은 다음 금을 내어 주
자 토포관은 금을 받아 가지고 돌아와 태수께 드렸다. 금
을 받아본 태수는 크게 놀라,

「이 금은 들보머리를 베인 것이 분명하니 필경 우치로
다.」

하고, 한편 이 놈을 잡아 진위도 안 후에 狀啓함이 늦지
않다 하고, 즉시 십여 명에게 분부하여 빨리 가서 잡아오
라 하자 관리는 영을 듣고 바삐 남선부로 가서 우치를 잡
아내자, 우치는 좋은 음식을 차려 관리를 대접하면서 말
하기를,

「그대들이 수고로이 왔소. 나는 죄가 없으니 결단코 가

지 아니하겠으니 그대들은 돌아가 태수에게 우치는 잡

혀오지 않고 태수의 힘으로는 못 잡으리니 나라에 고

하여 君命이 있은 후에야 잡혀가겠노라고 고하라.」

하며, 조금도 요동하지 않으므로 관리는 할일없이 그대

로 돌아가 태수에게 사실대로 고하였다.

　태수는 이 말을 듣고 놀라 즉시 討兵 오백을 點考하여

남선부에 가 우치의 집을 에워싸고, 한편 이 일울 나라에

장계하자 상은 크게 놀라시며 노하사 백관을 모아 의논

을 정하시고 捕廳으로 잡아오라 하시고는 親鞫하실 기

구를 차리시고 잡아오기를 기다리시더라.

　이때 禁府의 羅卒들이 군명을 받들고 남선부에 가 우

치의 집을 에워싸고 잡으려 하니, 우치는 냉소하며,

　「너희 백만군이 와도 내 잡혀가지 아니하리니 너희 마

음대로 나를 鐵索으로 단단히 얽어 가라.」

하기에, 모든 나졸이 일시에 달려들어 철색으로 동여매

고 전후 좌후로 둘러싸고 가는데, 우치가 또 말하기를,

　「나를 잡아가지 않고 무엇을 메어 가는가.」

　토포관이 놀라서 보니 한낱 잔나무를 메었는지라 좌우

에 섰던 나졸이 기가 막혀 아무 말도 못 하는데 우치는,

　「네가 나를 잡아가고자 하거든 병 한 개를 주겠으니

그 병을 잡아 가거라.」

하고, 병 하나를 내어 땅에 놓으므로 여러 나졸이 달려

들어 잡으려 하자, 우치는 그 병 속으로 들어갔다.   나

졸이 병을 잡아 들자 무겁기가 천근이나 되는 것 같은데

병 속에서 이르되,

　「내 이제는 잡혔으니 올라가리라.」

하기에, 나졸은 또 우치를 잃어버릴까 겁을 내어 병부

리를 단단히 막아서 짊어지고 와서 바치자 상이,

「우치가 요술을 한들 어찌 능히 병 속에 들었으리
 오.」

하시니, 문득 병 속에서 말하기를,

「답답하니 병마개를 빼어 다오.」

하거늘, 상이 그제야 병 속에 든 줄 아시고 여러 신하에
게 어떻게 처치할 것인가를 물으시니 여러 신하가 가로
되,

「그놈이 요술이 용하오니 가마에 기름을 끓이고 병을
 넣게 하소서.」

상이 옳게 여기사 기름을 끓이라 하시고 병을 잡아 넣
으니 병 속에서 말하기를,

「신의 집이 가난하여 추워 견딜 수 없삽더니, 天恩이
 망극하사 떨던 몸을 녹여 주시니 황감하여이다.」

하거늘 상이 震怒하사 그 병을 깨어 여러 조각을 내니 아
무것도 없고 병조각이 뛰어 어전에 나아가 가로되,

「신이 전 우치어니와 원컨대 君臣間의 죄를 다스릴 정
 신으로 백성이나 평안케 함이 옳을까 하나이다.」

하고, 조각마다 한결같이 하거늘·상이 더욱 진노하사 刀
斧手로 하여금 병조각을 빻아 가루를 만들어, 다시 기름
에 끓이라 하시고 전 우치의 집을 불지르고 그 터에 연못
을 만드시고 여러 신하와 더불어 우치 잡기를 의논하시
자 여러 신하가 여쭈오되,

「妖賊 전 우치를 위엄으로 잡을 수 없사오니 마땅히 사
 대문에 榜을 붙여 우치가 스스로 나타나면 죄를 사하
 고 벼슬을 주리라 하여 만일 나타나거든 죽여 후환을
 없이함이 좋을까 하나이다.」

184

상이 그 말을 좇으사 즉시 사대문에 방을 붙였는데 그 방에는,

「전 우치가 비록 나라에 득죄하였으나 그 재주 용하고 도법이 높으되 알리지 못함은 有司의 책망이요 짐의 불명함이니, 이 같은 英傑을 죽이고자 하였으니 어찌 차탄치 않으리오. 이제 짐이 전사를 뉘우쳐 특별히 우치에게 벼슬을 주어 국정을 다스리고 백성을 편안코자 하나니 전 우치는 나타나라.」

라 씌어 있었다.

이때 전 우치는 구름을 타고 사처로 다니며 더욱 어진 일을 행하고 있던 중, 한 곳에 이르러 보니, 白髮老翁이 슬피 울거늘 우치가 구름에서 내려와 그 슬피 우는 사유를 물으니, 그 노옹이 울음을 그치고,

「내 나이 칠십 삼세에 다만 한낱 자식이 있더니 애매한 일로 살인죄수로 잡혀 죽게 되었으므로 서러워 우노라.」

우치가 말하되,

「무슨 애매한 일이 있삽나이까.」

노옹이 대답하여,

「왕가라 하는 사람이 있는데 자식이 친하여 다니더니, 그 계집의 인물이 아름다우나 음란하여 조가라 하는 사람을 통간하여 다니다가 왕가에게 들키어 양인이 싸워 낭자에게 구타당하더니 자식이 마침 갔다가 그 거동을 보고 말리어 조가를 제 집으로 보낸 후 돌아왔더니 왕가가 그 싸움 때문에 죽자, 그 외사촌이 있어 藁葬하여 就獄함에 조가는 刑曹判書 楊文德의 문객이라, 알음이 있어 빠져나오고 내 자식은 殺人正犯으로 문자를 만

들어 옥중에 가두니 이러하므로 슬피 우는 것이요.」

　우치는 이 말을 듣고,

「그렇다면　조카가 원범이라.」

하고,

「양 문덕의 집이 어디요.」

하고 묻자, 노옹이 자세히 가르쳐 준다.　우치는 노옹을 이별하고 몸을 흔들어 변신하여 一陣淸風(일진청풍)이 되어 그 집에 이르니 이때 양 문덕이 홀로 堂上(당상)에 앉았거늘 우치가 그 동정을 살피자, 양 문덕은 거울을 마주하고 얼굴을 보고 있는지라 우치는 변신하여 왕가가 되어 거울 앞에 앉아 있자 양 문덕이 고이 여겨 거울을 살펴보니 아무것도 없는지라.

「妖孼(요얼)이 백주에 나를 희롱하는가.」

하고 다시 거울을 살펴보니, 아까 앉았던 사람이 그저 서서,

「나는 이번 조가에게 맞아 죽은 왕상인데 원혼이 되어 원수 갚기를 바랬더니 상공이 이가를 그릇되이 가두고 조가를 놓으니 이 일이 애매한지라, 지금이라도 조가를 가두고 이가를 放送(방송)하라. 그렇게 하지 않는다면 明聖(명성)에 가서 송사하겠노라.」

하고, 홀연히 간 데가 없는지라, 양 문덕은 크게 놀라 즉시 조가를 얽어매고 엄문하니 조가는 애매하다면서　발명하는지라 왕가는 소리 높여,

「이 몹쓸 조가야! 어찌 내 처를 겁탈하고 또 나를 쳐 죽이니, 어찌 九泉(구천)의 원혼이 없으리오. 만일 너를 죽여 원수를 갚지 못하면 冥府(명부)에 송사하여 너와 양 문덕을 잡아다가 지옥에 가두고 나지 못하게 하리라.」

하고는 소리가 없는지라, 조가는 머리를 들지 못하고 있는지라. 양 문덕은 놀라 어떻게 할 줄 모르다가 이윽고 정신을 진정하여 조가를 엄문하니, 조가는 능히 견디지 못하여 個個伏招하였다. 이에 이가를 놓아 주고 조가를 嚴囚하고, 즉시 조정에 상달하여 조가를 服法하니 이때 이가는 집으로 돌아가 아비를 보고 왕가의 혼이 와서 여차여차하여 놓여남을 말하니 노옹이 기쁨을 이기지 못하였다.

이때 우치는 이가를 구하여 보내고 얼마쯤 가다가 홀연히 보니 저자 거리에 사람들이 돝의 머리 다섯을 가지고 다투고 있는지라 우치가 구름에서 내려 그 연고를 묻자 한 사람이 이르되,

「저도 쓸 데가 있어 사 가거늘 이 관리놈이 앗아 가려고 하기에 다투는 것이요.」

하거늘, 우치는 관리를 속이려 하여 眞言을 염하니, 그 猪 두 입을 벌리고 달려들어 관리의 등을 물려 하거늘 관리와 구경하던 사람이 일시에 헤어져 달아났다.

우치가 또 한 곳에 이르니 風樂이 낭자하고 노랫소리가 요란한지라 즉시 여러 사람의 좌중에 들어가 절하고,

「소생은 지나가는 길손이온데 여러분이 모여 즐기실새 감히 들어와 말석에서 구경코자 하나이다.」

여러 사람이 답례한 후 서로 성명을 통하고 앉음에 우치가 눈을 들어 보니 여러 座客 중에 운생과 薛生이란 자가 거만하게 우치를 보고 냉소하며 여러 사람과 수작하기에 우치는 괘씸함을 이기지 못하더니 이윽고 酒飯이 나오는지라 우치가,

188

「제형의 사랑하심을 입어 진수성찬을 맛보니 만행이로
소이다.」
고 하자 설생이 웃으며,
「우리는 비록 빈한하나 명기와 珍饌(진찬)이 많으니 田兄(전형)은
처음 본 듯할 것이요.」
우치도 웃으며,
「그러나 없는 것이 많소이다.」
이 말에 설생은,
「팔진성찬에 빠진 것이 없거늘 무엇이 부족타 하오.」
「우선 선득선득한 수박도 없고, 시큼달큼한 포도도 없
고 시금시금한 僧桃(승도)도 없어 빠진 것이 무수하거늘 어
찌 다 있다 하오.」
제생이 크게 손벽을 치며 크게 웃더니,
「이때가 봄철이라, 어이 그런 실과가 있겠소.」
「내 오다가 본즉 한 곳에 나무 하나가 있는데 각 색 과
실이 열리지 아니한 것이 없었소이다.」
「그렇다면 형이 그 과실을 만일 따온다면 우리들이 納(납)
頭遍拜(두편배)하고 만일 형이 따오지 못한다면 형이 만좌중의
볼기를 맞을 것이요.」
「좋소이다.」
하고 응낙한 우치는 즉시 한 동산에 가니 도화가 만발
하여 錦繡帳(금수장)을 드리운 듯하거늘 우치는 두루 玩賞(완상)하다가
꽃 한 떨기를 훑어 진언을 염하자 낱낱이 변하여 각색 실
과가 되었다. 그것을 소매 속에 넣고 돌아와 좌중에 던지
니 향기가 코를 스치며 승도, 포도, 수박이 낱낱이 헤어
지는 것이었다. 여러 사람은 한편 놀라고 한편 기꺼하여
저마다 다투어 손에 집어 구경하며 칭찬하기를,

「전형의 재주는 보던 바 처음이요.」

하고, 창기에게 명하여 술을 가득 부어 권하였다. 우치
는 술을 받아 들고 운, 설 양인을 돌아보며,

「이제도 사람을 업수이 여기겠소. 그러나 형들이 이
미 사람을 輕侮한 죄로 천벌을 입었을지라 내 또한 말
함이 불가하다.」

하는지라. 운, 설 양인이 입으로는 비록 遜謝하는 체하
나 속으로는 종시 멀지 아니하더니, 운생이 마침 소피
하려고 옷을 끄르고 본즉 하문이 편편하여 아무것도 없
거늘 크게 놀라서,

「이 어이한 연고로.졸지에 하문이 떨어졌는고.」

하며 어찌할 줄 모르거늘, 모두 놀라서 본즉 과연 민숭
민숭한지라 크게 놀라,

「소변을 어디로 보리오.」

할 즈음에 설생이 또한 자기의 아래쪽을 만져 보니 역시
그러한지라 두 사람이 경황하여 서로 의논하며,

「전형이 아까 우리들을 기롱하더니 이러한 변괴가 났
구나. 장차 이 일을 어찌할 것이요.」

하는데, 창기 중 제일 고운 계집의 소문이 간 데 없고 문
득 배 우에 구멍이 났는지라 망극하여 어떻게 할 줄을 몰
랐다.

그 중에 吳生이란 자가 총명이 비상하여 知鑑이 있었
는데 문득 깨달아 우치에게 빌었다.

「우리들이 눈이 있으나 망울이 없어 선생께 득죄하였
사오니 바라건대 용서하소서.」

우치가 웃고 진언을 염하자 문득 하늘에서 실 한 끝이
내려와 땅에 닿았다. 우치는 크게 소리쳤다.

「청의동자 어디 있느냐.」

말이 채 끝나기도 전에 한 쌍의 동자가 표연히 내려오는 것이었다. 우치가 분부하여 가로되,

「네 이 실을 타고 하늘에 올라가 蟠桃 열 개를 따오라. 그렇지 않으면 반을 당하리라.」

우치가 말을 마치자 동자는 명을 받고 줄을 타고 공중에 올라갔다. 여러 사람들이 신기하게 여겨 하늘을 우러러보니 동자는 나는 듯이 올라가더니, 이윽고 복숭아 잎이 紛紛히 떨어지며 사발만한 붉은 天桃 열 개를 내려쳤는데 조금도 상하지 않았다. 여러 사람이 있시에 달려와 주워 가지고 서로 사랑하는지라, 우치는 여러 사람에게 나누어 주고,

「제형과 창기 등이 아까 얻은 병은 이 仙果를 먹으면 쾌히 회복하리라.」

하자, 제생과 창기 등이 하나씩 먹은 후 저마다 만져 보니 여전한지라. 사례하기를,

「天仙이 내려오신 줄 모르고 우리들이 무례하여 하마트면 병신이 될 뻔하였구나.」

하며 지극히 공경하였다. 우치는 가장 존중한 체하다가 구름에 올라 동으로 향해 가다 또 한 곳에 이르러 보니 두어 사람이 서로 이르되,

「차인이 어진 일을 많이 하더니 필경 이 지경에 이르니 참 불상하도다.」

하고 눈물을 흘리는지라, 우치가 구름에서 내려 두 사람에게 물어 가로되,

「그대는 무슨 비창한 일이 있어 그렇게 슬퍼하는가.」

두 사람이 대답했다.

「이곳 戶曹* 고직이 張世昌이라는 사람이 효성이 지극하고, 심지어 집이 빈곤한 사람도 많이 구제하더니, 호조文書를 그릇하여 쓰지 아니한 銀子 이천 냥을 물지 못함에 형벌을 받겠기에 자연히 비창함을 금치 못해서 그러오.」

우치가 이 말을 듣고 잠간 눈을 들어 본즉 과연 한 소년을 수레에 싣고 刑場으로 나아가고 그 뒤에 젊은 계집이 따라나오며 우는지라 우치가 물었다.

「저 여인은 누구뇨.」

「죄인의 부인이요.」

하는데, 이윽고 獄卒이 죄인을 수레에서 내려 諸具를 차리며 시각을 기다리는 것이었다. 우치는 즉시 몸을 흔들어 일진청풍이 되어 장 세창과 여자를 거두어 가지고 하늘로 올라가거늘 衆人이 일시에 말하되,

「하늘이 어진 사람을 구하시는도다.」

하고 기뻐하였다.

이때 刑官이 크게 놀라 급히 이 연유를 상달하니 상감과 백관이 모두 놀라고 의심하셨다.

차설, 우치가 집으로 돌아와 본즉 두 사람의 기색이 엄엄하였으므로 급히 약을 흘려 넣었는데 이윽고 깨어나 정신이 황홀하여 진정하지 못하는 것이었다.

우치가 전후 사정을 말하자 장 세창 부부는 고개를 숙여 사례하며,

「대인의 은혜는 태산 같으니 차생에 어찌 다 갚으리이까.」

우치는 손사하고 집에다 두었다.

---

*호조 : 고려 때 육조(六曹)의 하나.

하루는 한가함을 타 우치는 명승지를 두루 구경하다가 한 곳에 이르니 사람이 슬피 우는 소리가 들리기에 가서 우는 이유를 물어 보니 그 사람이 공손히 말하기를,

「나의 성명은 韓子景인데 부친의 상사를 당하여 장사 지낼 길이 없고 또한 겸하여 날씨가 추운데 칠십 모친을 봉양할 도리가 없어 우는 것이요.」

우치는 아주 불쌍히 여겨 소매에서 족자 하나를 내어 주며,

「이 족자를 집에 걸고 「고직아」 부르면 대답할 것이니 은자 백 냥만 내라 하면 그 족자 소리를 응하여 즉시 줄 것이니 이로써 장사지내고 그 후부터는 매일 한 냥씩만 드리라 하여 자친을 봉양하라. 만일 더 달라 하면 큰 화를 입을 것이니 욕심을 내지 말고 부디 조심하오.」

그 사람은 믿지 아니하나 받은 후 사례하며,

「대인의 尊姓을 알아지이다.」

하거늘,

「나는 남선부 사람 전 우치로다.」

그 사람은 백배 사례하고 집에 돌아와 족자를 걸고 보니 아무것도 없이 큰 집 하나를 그리고 집 속에 열쇠 가진 동자 하나를 그렸는지라 시험해 보리라 하고 「고직아」 하고 부르니 그 동자가 대답하고 나왔다. 매우 신기하게 여겨 은자 일백 냥을 드리라 하니 말이 끝나기 전에 동자가 은자 일백 냥을 앞에 놓았다. 한 자경은 크게 놀라며 또한 크게 기뻐하여 그 은을 팔아 부친의 장사를 지내고 매일 은자 한 냥씩 드리라 하여 일용에 쓰니 가산이 풍족하여 노모를 봉양하며 은혜를 잊지 못하였다.

하루는 쓸 곳이 있어,

「은자 일백 냥을 당겨 쓰면 어떠할까.」

하고 고직을 부르니, 동자 대답하거늘 한 자경이,

「내 마침 은자 쓸 곳이 있나니 은자 일백 냥만 먼저 쓰게 함이 어떠하뇨.」

고직이 듣지 아니하므로 재삼 간청하니 고직이 문을 열거늘 한 자경이 따라들어가 은자 백 냥을 가지고 나오려 하니 벌써 문이 잠겼는지라 한 자경은 크게 놀라 고직을 불렀으나 대답이 없었다.

크게 노하여 문을 박차니 이때 호조판서가 마루에 坐起할새 고직이 고하되,

「돈 넣은 곳에서 사람 소리가 나니 매우 괴이하더이다.」

호판이 의심하여 騶從을 모으고 문을 열고 보니 한 사람이 은을 가지고 섰는지라 고직이는 깜짝 놀라 급히 물었다.

「너는 어떤 놈이기에 감히 이곳에 들어와 은을 도둑하여 가려느냐.」

한 자경이 대답하기를,

「너희는 어떤 놈이기에 남의 내실에 들어와 무례하게 구느냐. 바삐 나가거라.」

하고 재촉하자, 고직이 미친 놈으로 알고 잡아다가 고하니 호판이 분부하되,

「이 도둑놈을 꿇어앉히라.」

하고 治罪할새, 한 자경이 그제야 정신을 차려 자세히 보니 제 집은 아니요 戶曹인지라 놀라 가로되,

「내가 어찌하여 이곳에 왔던고. 의아한 꿈인가.」

하더니 호판이 묻기를,

「너는 어떠한 놈이관데 감히 御庫에 들어와 도둑질하니 죽기를 면치 못할지라. 네 동류를 자세히 아뢰라.」

한 자경이 말하기를,

「소인이 집에 걸린 족자 속에 들어가 은을 가지고 나오려 하더니 이런 변을 당하오니 소인도 생각지 못하리로소이다.」

호판이 의혹하여 족자의 출처를 물으니 자경이 전후 사정을 고하자 호판이 크게 놀라 묻기를,

「너는 언제 전 우치를 보았느냐.」

대답하기를,

「본 지 五朔이나 되었나이다.」

호판은 한 자경을 엄수하고 각 창고를 조사하는데, 銀櫃를 열고 본즉 은은 없고 청개구리가 가득하며 또 돈고를 열어 보니 돈은 없고 누런 뱀만 가득하거늘 호판이 이를 보고 크게 놀라 이 연유를 상달하니 상이 大驚하사 여러 신하를 모아 의논하시더니, 각 창고의 관원이 아뢰되,

「창고의 쌀이 변하여 버러지뿐이요, 쌀은 한 섬도 없나이다.」

또 各營 將臣이 보하기를,

「고의 軍器가 변하여 나무가 되었나이다.」

또 궁녀 보하기를,

「내전에 범이 들어와 궁인을 해하나이다.」

하거늘, 상이 대경하사 급히 宮奴手를 발하여 내전에 들어가 보니 궁녀마다 범 하나씩 탔는지라 궁노를 발치 못하고 이 연유를 상주하니, 상이 더욱 대경하사 궁녀 앞질러 쏘라 하니 궁노수 하교를 듣고 일시에 쏘니 흑운이 일며 범탄 궁녀 구름에 싸이어 하늘로 올라 浩浩蕩蕩

히 헤어지는지라. 상이 此景을 보시고,

「다 우치의 술법이니, 이놈을 잡아야 국가 태평하리
라.」

하시고 차탄하시더니, 호반이,

「이 고에 은도둑을 嚴囚하였삽더니, 이놈이 우치의 黨
類라 하오니 죽이사이다.」

상이 允許하심에 이 한가를 행형할새, 문득 광풍이 대
작하여 한 자경이 간 데 없으니 이는 전 우치의 구함이
라. 行刑官이 이대로 상달하니라.

차시에 우치 자경을 구하여 제 집으로 보내어,

「내 그대더러 무엇이라 당부하였뇨. 그대를 불쌍히 여
겨 그 그림을 주었거늘 그대 내 말을 듣지 아니하고 하
마트면 죽을 뻔하였으니, 이제 누구를 원하며 누구를
한하리오.」

하고 제 집으로 보내니라.

우치 두루 돌아다녀 한 곳에 다다라 보니 四門에 방
을 붙였거늘, 내심에 冷笑하고 闕門에 나아가 크게,

「전 우치 자현하나이다.」

政院에서 연유를 상달한대 상이 가로되,

「이놈의 죄를 사하고 벼슬을 시켰다가 만일 영란함이
또 있거던 죽이리라.」

하시고, 즉시 입시하라 하시니, 우치 들어와 伏地謝恩하
니 상이 가로되,

「네 죄를 아느냐.」

우치 복지사례하며,

「신의 죄 萬死無惜이로소이다.」

「내 네 재주를 보니 과연 신기한지라 중죄를 사하고 벼

196

슬을 주노니 너는 盡忠報國하라.」

하시고 宣傳官에 東子官 兼 司僕內承을 하게 하시니, 우치 사은 숙배하고 하처를 정하고 闕內에 入直할새, 行首 宣傳官 李曹司 보채기를 심히 괴롭게 하는지라 우치 갚으려 하더니, 하루는 선전이 퇴질을 차례로 할새, 우치 조사 차례를 당함에 가만히 望頭石을 빼어다가 퇴를 맞추니, 선전들의 손바닥에 맞치어 아파 능히 치지 못하고 그치더라.

이리저리 數朔이 됨에 선전들이 모두 하인을 꾸짖어 許參을 재촉하라 하니, 하인들이 연유를 보한대 우치는,

「나는 괴를 옮겼기로 더 민망하니 명일 白沙場으로 齊進하라.」

書員이 稟하되,

「自古로 허참을 적게 하려도 數百金이 드오니 사오일을 熟設하와 치르리이다.」

「내 벌써 준비함이 있으니, 너는 잔말 말고 開門入侍하여 하인 등을 待令하라.」

서원과 하인이 물러나와 서로 의논하되,

「우치 비록 능하나 이 일 새에는 믿지 못하리라.」

하고, 각 처에 지휘하여 명일 平明에 백사장으로 제진하게 하니라.

이튿날 모든 하인이 백사장에 모이니 구름차일은 반공에 솟아 있고 布陣과 首席 金屛이 눈에 휘황 찬란하며, 풍악이 震天하며 수십간 뜸 집을 짓고 일등 熟手兒 십명이 앞에 안반을 놓고 음식을 장만하니, 그 豊備함은 今世에 없을러라.

날이 밝음에 선전관 사오인이 일시에 俊驄을 타고 나

오니 포진이 극히 화려한지라. 차례로 坐定함에 五音六
律을 갖추어 풍악을 迭奏하니, 맑은 소리 반공에 어리었
더라.

각각 상을 들이고 잔을 날려 술이 半酣하매 우치는,
「曹司 일찍 豪俠放蕩하여 酒肆青樓에 다녀 아는 娼妓
많으니, 오늘 놀이에 계집이 없어 가장 無味하니 조사
나아가 계집을 데려오리이다.」
차시에 제인이 모두 半醉하였는지라 저마다 기꺼이 왈,
「가위 오입장이로다.」

우치 하인을 데리고 나는 듯이 남문으로 들어가더니 오
래지 아니하여 무수한 계집을 데려다가 帳 밖에 두고 큰
상을 물리고 또 상을 들이나 水陸珍饌이 盛備하여 풍악
이 진천한 중 우치는,

「이제 계집을 데려왔으니 각각 하나씩 수청하여 흥을
 도움이 가하나이다.」

한대, 제인이 가장 기뻐하고 차례로 하나씩 불러 앉히
는데, 제인이 각각 계집을 앉히고 보니 다 제인의 아내
러라.

놀랍고 분하나 서로 알까 저어하며 아무 말도 못 하
고 대로하여 모두 상을 물리고 각기 말을 타고 집으로 돌
아와 보니, 노복이 혹 발상하고 통곡하며 집안의 소요함
도 있어 驚怪하여 묻기를,

「부인이 어느 때에 棄世하셨느뇨.」

시비가,

「오래지 아니하나이다.」

하거늘, 제인이 경악하며 그 중 김선전이란 자는 집에
돌아오니 노복이 발상하고 울거늘, 묻고자 하더니 모든

노복이 반겨하며,

　「부인이 의복을 마르시더니 關格되어 기세하셨더니,
　지금 회생하셨나이다.」

하거늘 김선전이 대로하여,

　「어찌 나를 속이려 하느냐.」

하고 분기를 참지 못하여,

　「이 몹쓸 처자가 良家門戶를 돌아보지 않고 이런 해참
　한 일을 하되 전혀 몰랐으니 어찌 통탄치 아니리오.」

하며, 忿氣咄咄하여 죽어 모르려 하다가 진위를 알려 하
여 들어가 본즉, 부인이 과연 죽었다가 깨었거늘 부인이
일어나 비로소 김 선전을 보고,

　「내 한 꿈을 꾸니 한 곳에 간즉 대연을 배설하고 모든
　선전관이 列坐하고 나 같은 老少夫人이 모였는데, 한
　사람이 가로되, 기생을 다려왔다 하니 하나씩 앞에
　앉혀 수청케 하는데, 나는 가군의 앞에 앉히기로 묵연
　히 앉았더니, 좌중 제객이 다 不好하여 怒色을 띠었더
　니, 가군이 먼저 일어나며 제인이 또 각각 흩어지는
　바람에 내 꿈을 깨었노라.」

하거늘, 김 선전이 부인의 말을 듣고 할 말이 없는 중 가
장 의혹하여 하루는 동관으로 더불어 즉일 백사장 놀음
의 창기 말과 각각 부인이 昏絶하던 일을 전하여,

　「이는 반드시 전 우치의 요술로 우리들에게 욕뵈임이
　라.」

하더라.

　이때 咸鏡道 可達山에 한 도적이 있어 재물을 노략하
며 인민을 살해함에 본읍 원이 관군을 발하여 잡으려

하되 능히 잡지 못하고 나라에 狀啓한대, 상이 크게 근심하사 조정에 傳旨하사 破賊之計를 의논하라 하시니, 우치가 상주하기를,

「도둑의 형세 심히 크다 하오니 신이 홀로 나아가 적세를 보온 후 잡을 妙策을 정하리이다.」

상이 크게 기뻐하사 御酒를 주시고 釖劍을 주시며 이르되,

「도적세 浩大*하거든 이 칼로 사졸을 호령하라.」

하시니, 우치 사은하고 물러나와 즉시 말에 올라 장졸을 거느리고 여러 날 만에 가달산 근처에 다다라 보니, 큰 산이 하늘에 닿는 듯하고 수목이 叢雜하며, 奇巖怪石이 중중하니 가장 험악한지라. 우치 군사를 산하에 머무르고 스스로 하사하신 인검을 가지고 몸을 흔들어 변하여 솔게가 되어 가달산을 바라고 가니라.

원래 가달산중 수천명 적당 중에 한 魁首 있으니, 성은 嚴이요 명은 俊이라. 용맹이 絶倫하고 武藝出衆하더라.

이때 우치 공중에서 두루 살피더니, 엄준이 엄연히 紅日傘을 받고 千里白驄馬를 타고 綵衣紅裳한 시녀의 좌우에 벌리니 종자 백여 명을 거느리고 바야흐로 산 사냥을 하거늘, 우치 자세히 살펴보니 기골이 장대하고 신장이 팔척이요, 낯빛이 붉고 눈이 방울 같으며 수염은 비눌을 묶어 세운 듯하니, 곧 一代傑物이러라.

엄준이 추종들을 거느리고 이골 저골로 한바탕 사냥하다가 분부하되,

「오늘은 각 처 갔던 장수들이 다 올 것이니, 마땅히 소 열 필만 잡고 잔치하리라.」

---

*호대 : 썩 넓고 큼.

하는 소리 쇠북을 울리는 것 같더라.

차시 우치 일계를 생각하고 나뭇잎을 훑어 神兵을 만들어 창검을 들리고 旗幟를 벌려 陣을 이루고 머리에 쌍통구를 쓰고 몸에 황금 刷子甲에 黃羅戰袍를 겹쳐 입고 千里烏騅馬를 타고 손에 청사랑인도를 들고 짓쳐들어가니 성문을 굳게 닫거늘 우치 문 열리는 진언을 염하니 문이 절로 열리는지라. 들어가며 좌우를 살펴보니, 壯麗한 집이 두루 벌렸고 四處 창고에 米穀이 가득하며, 차차 전진하여 한 곳에 이르니 殿閣이 굉장하여 朱欄華棟이 반공에 솟았거늘 우치 이윽히 보다가 몸을 변하여 솔개 되어 날라 들어가 보니 으뜸도둑이 黃金轎子에 높이 앉고, 좌우에 諸將을 차례로 앉히고 크게 잔치하며, 그 뒤에 대정이 있으니 미녀 수백인이 열좌하여 상을 받았거늘, 우치 하는 양을 보려 하고 진언을 염하니 무수한 줄이 내려와 모든 장수의 상을 거두어 가지고 中天에 높이 떠오르며, 狂風이 대작하니 눈을 뜨지 못하고 그러한 雲紋遮日과 수놓은 병풍이 무너져 공중으로 날아가니 엄준이 정신을 진정치 못하여 뜰 아래 나무 등걸을 붙들고, 모든 군사 차반을 들고 漂風하여 구을더라.

우치 한바탕 속이고 이에 바람을 거두어 앗아 온 음식을 가지고 산하에 내려와 장졸을 나누어 먹이고 그곳에서 자니라.

이때 바람이 그치매 엄준과 제장이 비로소 정신을 차리고 보니, 그런 많은 음식이 하나도 없거늘, 엄준이 가장 괴이히 여기더라.

이튿날 평명에 우치는 다시 산중에 들어가 甲胄를 갖추고 문전에 이르러 대호하여,

「叛賊은 바삐 나와 내 칼을 받으라.」

하니, 守門한 군사 급히 보한대 엄준이 대경하여 급히 장졸을 거느리고 문 밖에 나와 진을 벌리고 揮劍出馬하여 가로되,

「너는 어떠한 장수관데 감히 와 싸우고자 하는가.」

「나는 전교를 받자와 너희를 잡으려 왔으니 내 성명은 전 우치로라.」

「나는 엄 준이라. 네 능히 나를 저당할까.」

하며 달려드니, 우치는 맞아 싸울새 양인의 재주 신기하여 맹호 밥을 다투는 듯 青黃龍이 如意珠를 다투는 듯, 양인의 정신이 씩씩하여 辰時로부터 巳時에 이르도록 勝負 없으매 양진에서 징을 쳐 군을 거두고 제장이 엄 준을 보고 치하하여,

「작일 天變을 만나 마음이 놀랐으되, 오늘 범 같은 장수를 能敵하시니 하늘이 도우심이라. 그러나 적장의 용맹이 절륜하니 가히 경적치 못하리로다.」

엄 준이 대소하며,

「적장이 비록 용맹하나 내 어찌 저를 두려워하리오. 명일은 결단코 우치를 베이고 바로 경성으로 향하리라.」

하고, 이튿날에 진문을 大開하고 엄 준이 대호하여,

「전 우치는 빨리 나와 내 칼을 받으라. 오늘은 맹세코 너를 베이리라.」

하고 裝劍出馬하여 전 우치를 비방하니, 우치 대로하여 말을 내몰아 칼 춤추며 即取嚴俊하여 交鋒*삼십여 합에 적장의 창이 번개 같은지라. 우치 武藝로 이기지 못할 줄 알고 몸을 흔들어 변하여 제 몸은 공중에 오르고 거짓

─────────────
*교봉 : 서로 싸움. 병력(兵力)을 가지고 서로 전투 행위를 함.

202

몸이 엄 준을 대적할새, 문득 大罵하여,

　「내 평생에 殺生을 아니 하려다가 이제 너를 죽이리
　라.」

하더니 다시 생각하여,

　「이놈을 生擒하여 만일 순종하면 죄를 사하여 양민
　을 만들고, 불연즉 죽어 후환을 없이하리라.」

하고 공중에 칼을 번득이며,

　「적장 엄 준은 나의 재주를 보라.」

하니, 엄 준이 대경하여 하늘을 쳐다보니 한떼 구름 속에
우치의 劍光이 번개 같거늘, 대경 실색하여 급히 본진으
로 돌아오는데, 앞으로 우치 칼을 들어 길을 막고 또 뒤
로 우치를 따르고 좌우로 칼을 들어 짓쳐오고, 또 머리
위로 우치 말을 타고 춤추며 엄 준을 범함이 급한지라.
엄 준이 정신이 아득하여 말에서 떨어지니, 우치 그제야
구름에서 내려 거짓 우치를 거두고 군사를 호령하여 엄
준을 결박하여 본진으로 보내고 적장을 엄살하니, 적진
장졸이 잡혀감을 보고 싸울 뜻이 없어 손을 묶어 사라지
려 하거늘 우치 일인도 상치 아니하고 꾸짖어,

　「여 등이 도둑을 좇아 각 읍을 노략하고 백성을 살해하
　니 그 죄 非輕할지나 특별히 죄를 사하노니, 여 등은
　각각 고향에 돌아가 농업에 힘쓰고 가산을 다스려 양
　민이 되라.」

한대 모든 장졸이 叩頭謝恩하고 행장을 수습하여 일시에
흩어지니라.

　우치 엄 준의 내실에 들어가니 녹의 홍상 한 시녀와 가
인이 수백명이라 각각 제 집으로 보내고, 본진에 돌아
와 장대에 높이 앉고 좌우를 호령하여 엄 준을 계하에 꿇

고 厲聲大罵하여,

「네 재주와 용맹이 있거든 마땅히 진충보국하여 후세
에 이름을 전함이 옳거늘, 감히 逆心을 품고 산적이 되
어 재물을 노략하여 인민을 살해하니, 마땅히 삼족을
멸할지라. 어찌 잠시나 容貸*하리오.」

하고, 무사를 호령하여 원문 밖에 斬하라 하니, 엄준이
슬피 빌기를,

「소장의 죄상은 만사무석이오나 장군의 河海 같으신
덕으로 잔명을 살리시면 마땅히 허물을 고치고 장군의
휘하에 좇으리이다.」

하며, 뉘우지는 눈물이 비 오듯 하여 신성이 표넌에 드러
나거늘, 우치 沈吟半餉에 왈,

「네 실로 悔過遷善하면 죄를 사하리라.」

하고, 무사를 분부하여 매인 것을 끄르고 위로한 후 신
병을 파하고 捷書를 닦아 올린 후, 山砦를 불 지르고 즉
시 발행할새, 엄준이 이미 산채를 불지르고, 또 右翼이
없고 우치의 재주를 항복하여 은혜를 사례하고 고향에 돌
아가 양민이 되니라.

우치는 闕下에 나아가 伏地하니 상이 인견하시고 破賊
한 설화를 들으시고 칭찬하시며 상을 후히 주시니 우치
는 천은을 감축하여 집에 돌아와 모친을 뵈옵고 賞賜하신
물건을 드리니 부인이 감축하였다.

우치 서울에 돌아온 후 조정 백관이 다 우치를 보고 성
공함을 치하하되 선전관은 한 사람도 온 자 없으니, 이는
전일 놀이에 부인들을 욕보인 허물이러라.

---

*용대 : 용서.

204

　우치 짐작하고 다시 속이려 하더니,　하루는 월색이 조
용함을 틈타 오운을 타고 黃巾力士*와 魑魅魍魎을 다 모
으고 神將을 명하여 모든 선전관을 잡아오라 하니　오래
지 아니하여 잡아왔거늘, 우치 구름 교의에 높이 앉고 좌
우에 신장이 벌어 서서 등촉이 휘황한데 황건역사와 이매
망량이 각각　일인씩 잡아들이거늘, 모든 선전관이 떨며
땅에 엎디어 쳐다보니　우치 구름 교의에 端坐하고 좌우
에 신장이 나열하였고, 등촉이 휘황한 중 그 위풍이　늠
름하더라.

　문득 우치 大喝하여,

「내 너희들의 교만한 버릇을 懲戒하려 하여 전일 너희
들의 부인을 잠간 욕되게 하였으나 극한 죄 없거늘, 어
찌 이렇듯 含怨하여 아직도 산 체하니, 내 너희를 다
잡아 酆都로 보내니라. 내 밤이면 천상 벼슬에 다사하
고　낮이면 국가에 중임이 있어 지금껏 遷延하더니, 이
제 너희를 잡아옴은 지옥에 보내어 慢侮한 죄를 贖하
려 함이라.」

하고 力士로 하여 곧 몰아내라 하니, 모두 聽令하고 달
려들거늘 우치 다시 분부하기를,

「너희는 이 죄인을 押領하여 冷獄에 가두고 法王께 주
하여 이 죄인들을 지옥에 가두고 八萬劫이 지나거든 業
畜을 만들어 보내라.」

하는지라. 모든 선전관이 경황한 중 차언을 들으니,　魂
飛魄散하여 빌기를,

「아 등이 暗昧하여 그릇 大罪를 범하였사오니, 바라건
대 죄를 사하시면 다시 허물을 고치리이다.」

―――――――――

＊황건역사 : 굳세다는 신장의 이름.

우치가 良久^{양 구}에,

「내 너희를 풍도로 보내고 屢千年^{누 천 년}이 지나도록 人世^{인 세}에 나지 못하게 하렸더니, 전일 안면을 고렴하여 아직 놓아 보내나니 후일 다시 보아 처치하리라.」

하고 모두 내치거늘, 이때 선전관이 다 깨달으니 한 꿈이라. 정신을 진정치 못하여 땀이 흐르고 心魂^{심 혼}이 搖搖^{요 요}하더라.

하루는 선전관이 모두 전일 몽사를 말하니, 다 한결 같은지라 이러므로 그후로는 우치 대접하기를 각별히 하더라.

이때 상이 戶判^{호 판}에게 묻기를,

「전일 호조의 은이 변하였다 하니 어찌된고.」

하니,

「지금껏 변하여 있나이다.」

상이 또 창고를 물으시니, 다 「변한 대로 있나이다」하거늘, 상이 근심하는데 우치가 말하기를,

「신이 원컨대 창고와 어고를 가 보옵고 오리이다.」

한대 상이 허하시니, 우치 호판을 따라 호조에 이르러 문을 열고 보니 은이 예와 같거늘, 호판이 대경하여,

「내가 작일에도 보고 아까도 변함을 보았거늘, 지금은 은으로 보이니 가장 고이하도다.」

하고, 창고에 가 문을 열고 보니 쌀이 여전하고 조금도 변한 데가 없거늘 모두 놀라고 신기히 여기었다.

우치 두루 살펴보고 궐내에 들어가 이대로 상달하니, 상이 들으시고 기꺼워하시더라.

이때에 諫議大夫^{간 의 대 부}가 상주하기를,

「湖西^{호 서} 땅에 사오십명이 屯聚^{둔 취}하여 簒逆^{찬 역}할 일을 의논하

여 불구에 起兵하리라 하고 사자 문서를 가지고 신에

게 왔사오니 그 자를 가두고 사연을 주하나이다.」

상이 탄하여,

「寡人이 薄德하여 처처에 도둑이 일어나니, 어찌 한심

치 아니하리오.」

하시며 禁府와 捕廳으로 잡으라 하시니, 불구에 적당을

잡았거늘 상이 親鞫하실새, 그 중 한 놈이 아뢰기를,

「선전관 전 우치는 주주 과인하기로 신 등이 우치로 임

금을 삼아 만민을 평안하려 하더니, 明天이 不佑하사

발각하였사오니 罪死無惜이로소이다.」

하니, 이때 우치 問事郞廳으로 侍衛하였더니, 불의에 이

름이 逆徒의 초사에 나는지라. 상이 대로하사,

「우치 모역함을 짐작하되 나중을 보려 하였더니, 이제

발각하였으니 빨리 잡아오라.」

하시니, 나졸이 수명하고 일시에 따라 들어 관대를 벗기

고 玉階下에 꿇리니, 상이 진노하사 형틀에 올려 매고 授

罪하사,

「네 전일 나라를 속이고 도처마다 장난함도 용서치 못

할 배어늘, 이제 또 역률에 들었으며 발병하니 어찌 면

하리오.」

하시고,

「나졸을 호령하여 한 매에 죽이라.」

하시니, 집장과 나졸이 힘껏 치나 능히 또 매를 들지 못

하고 팔이 아파 치지 못하거늘, 우치 아뢰기를,

「신의 전일 죄상은 죽어 마땅하나 금일 일은 만만 애

매하오니 용서하옵소서.」

하니,

「주상이 필경 용서치 아니시리라.」

「신이 이제 죽사올진대 평생에 배운 재주를 세상에 전
치 못하올지라 지하에 돌아가오나 원혼이 되리니, 복
원 성상은 원을 풀게 하옵소서.」

상이 헤아리시되,

「이놈이 재주 능하다 하니 시험하여 보리라.」

하시고,

「네 무슨 능함이 있기에 이리 보채느뇨.」

「신이 본시 그림 그리기를 잘하니 나무를 그리면 나무
가 점점 자라고 짐승을 그리면 짐승이 기어가고, 산을
그리면 초록이 나서 자라니 이러므로 명화라 하오니,
이런 그림을 전치 못하옵고 죽사오면 어찌 원통치 않
으리까.」

상이 생각하시기를,

「이놈을 죽이면 원혼이 되어 괴로움이 있을까.」

하여, 즉시 맨 것을 끌러 주시고 지필을 내리사 원을 풀
라 하시니 우치 지필을 받고 곧 산수를 그리니, 千峰萬
壑과 萬丈瀑布 산상을 좇아 산 밖으로 흐르게 하고 시
냇가에 버들을 그려 가지 늘어지게 그리고, 밑에 안장 지
은 나귀를 그리고 붓을 던진 후 사은하매, 상이 묻기를,

「너는 방금 죽일 놈이라. 사은함은 무슨 뜻이뇨.」

우치 말하기를,

「신이 이제 폐하를 하직하옵고 산림으로 들어 여년을
마치고자 하와 주하나이다.」

하고, 나귀 등에 올라 산동구에 들어가더니 이윽고 간 데
없거늘, 상이 대경하여,

「내 이놈의 꾀에 또 속았으니 이를 어찌하리오.」

하시고, 그 죄인들을 내어 버히라 하시고 친국을 파하시니라.

이때 우치 조정에 있을 때에 매양 吏曹判書 王延喜가 자기를 시기하여 해코자 하더니, 이날 친국시에 상께 참소하여 죽이려 하거늘, 몸이 변하여 왕 연희가 되어 추종을 거느리고 바로 왕 연희 집에 가니, 연희 궐내에서 나오지 않았거늘, 이에 내당에 들어가 있더니 일몰할 때 왕공이 돌아오매 부인과 시비 등이 莫知其故하거늘, 우치 말하기를,

「이는 천년 된 여우가 변하여 내 얼굴이 되어 왔으니, 이는 變怪로다.」

하니 왕 연희는,

「어떤 놈이 내 얼굴이 되어 내 집에 있는가.」

하고 소리를 벽력같이 지르거늘, 우치는 즉시 下吏를 명하여 冷水 한 그릇과 개피 한 사발을 가져오라 하니 즉시 가져왔거늘, 우치 연희를 향하여 한 번 뿜고 진언을 염하니 왕 연희는 변하여 꼬리 아홉 가진 여우가 되는지라 노복 등이 그제야 칼과 몽치를 가지고 달려들거늘, 우치는 만류하여,

「이 일은 우리 집 큰 변괴니 궐내에 들어가 아뢰고 처치하리라.」

하고, 아주 단단히 묶어 방중에 가두라 하니 노복이 네 굽을 동여 방에 가두고 숙직하더라.

왕공이 불의지변을 만나 말을 하려 하여도 여우소리처럼 되고 정신이 아득하여 기운이 시진하니 그 아무리 할 줄 모르고 눈물만 흘리더니, 우치 생각하되,

「사오일만 속이면 목숨이 그칠까.」

하여 차야에 우치가 왕공 가둔 방에 이르러 보니, 사지
를 동여 꿇려졌거늘 우치는,

「연희야, 너는 나와 평일에 원수 없거늘 구태어 나를
해하려 하느냐. 하늘이 죽이려 하시면 죽으려니와 그
렇지 아니하면 죽지 아니하리니, 네 미혹하여 나라에
참소하고 得寵하려 하기로 나는 너를 칼로 죽여 한을
설할 것이로되, 내 평생에 살생 아니 하기로 너를 용서
하나니, 일후 만일 御前에서 나를 향하여 무고한 짓을
하면 그때는 용서하지 않으리라.」

하고 진언을 염하니 왕연이 의구한지라, 연희 벌써 우
치인 줄 알고 황겁하여 재배하고,

「전공의 재주는 세상에 없는지라. 내 삼가 교훈을 불
망하리이다.」

하고 무수히 사례하더라.

「내 그대를 구하고 가나니, 내 돌아간 후 집안이 소요
하리니 여차여차하고 있으라.」

하고, 우치는 구름에 올라 남쪽으로 가더라.

이런 말을 왕공이 듣고,

「우치의 술법이 세상에 희한하니 짐짓 사람을 희롱함
이요, 살해는 아니 하도다.」

하고, 즉시 노복을 불러 妖精을 수색하라 하니 노복 등
이 가서 보니 간 데 없거늘 대경하여 이대로 고하니 공이 佯
怒하여,

「여 등이 소홀하여 잃도다.」

하고 꾸짖어 물리치니라.

이 때에 우치 집에 돌아와 한가히 돌아 다니더니, 한 곳
에 이르러 보니 소년들이 한 족자를 가지고 다투어 보며

칭찬하기를,

「이 족자 그림은 천하에 짝 없는 名畫라.」

하거늘, 우치 그림을 보니 미인도 그리고 아이도 있어 희
롱하는 모양이로되, 입으로 말은 못하나 눈으로 보는 듯
하니 生氣流動한지라. 모든 소년이 보고 欽仰*함을 마지
아니하거늘 우치 한 계교를 생각하고 웃으면서,

「그대들 눈이 높아 그러하거니와 物色을 모르는도다.」

「이 족자 그림이 사람을 보고 웃는 듯하니, 이런 명화
는 이 천하에 없을까 하노라.」

「이 족자 값이 얼마나 하뇨.」

「값인즉 銀子 오십 냥이니 그림 값은 그림 分數보담 적
다.」

「내게도 족자 하나 있으니 그대들은 구경하라.」

하고, 소매에서 족자 하나를 내어 놓으니, 모두 보건대
역시 한낱 美人圖라.

인물이 가장 아름답고 綠衣紅裳을 整齊하였으니 玉貌
花容이 짐짓 傾國之色이라. 그 미인이 유마병을 들었으
니 가장 신기롭고 묘하더라.

여러 사람이 보고 칭찬하기를,

「이 족자가 더욱 좋으니, 우리 족자보담 낫도다.」

하니 우치는,

「내 족자는 화려함도 사람의 耳目을 놀래려니와 이 중
에 한층더 묘한 것을 구경케 하리라.」

하고 가만히 부르기를,

「酒仙娘은 어디 있느뇨.」

하더니, 문득 족자 속의 미인이 대답하고 나오니 우치는,

---

*흠앙 : 공경하여 우러러 사모(思慕)함.

「仙娘은 모든 상공께 술을 부어드리라.」

선랑은 즉시 응낙하고 碧玉杯에 청주를 가득 부어 드리니, 우치는 먼저 받아 마시매 童子 마침 상을 올리거늘, 안주를 먹은 후에 연하여 차례로 드리니 제인이 받아 먹은즉 맛이 가장 淸洌하였다.

여러 사람들이 각각 일배주를 파한 후 주선랑이 동자를 데리고 상과 술병을 거두어 가지고 족자 그림이 도로 되니, 사람들은 크게 놀래어,

「이는 신선이요, 造化가 아니라. 이 희한한 그림은 천고에 듣지도 못하고 보던 바 없느니라.」

하고 기르기를 마지 않더니, 그 중에 吳生이란 사람이,

「내 한번 시험하여 보리라.」

하고 우치에게 청하니,

「우리들의 술은 나쁘니 주선랑을 다시 청하여 한 잔씩 먹게 함이 어떠하뇨.」

우치 허락하거늘, 오생이 가만히 부르기를,

「주선랑아 우리들의 술은 나쁘니 더 먹기를 청하노라.」

하니, 문득 선랑이 술병을 들고 나오고 동자는 상을 가지고 나오니, 사람들이 자세히 보니 그림이 화하여 사람이 되어 병을 기울여 잔에 가득 부어드리거늘, 받아 마신즉 향기 입에 가득하고 맛이 기이한지라.

사람들은 또 한 잔씩 마시니 술이 잔뜩 취하였다.

「우리들은 오늘날 尊公을 만나 仙酒를 먹으니 다행하거니와, 또한 묘한 일을 많이 보니 신통함이야 어찌 측량하리오.」

하자, 그 사람의 말을 들은 우치는,

「그림의 술을 먹고 어찌 사례하리오.」

「그 족자를 내 가지고자 하오니 팔고자 하는가.」

「내 가진 지 오랜지라. 그러나 정히 욕심을 내는 자 있으면 팔려 하노라.」

「그럼 값이 얼마나 되느뇨.」

「술병이 천상의 酒泉을 응하였기로 술이 일시도 없지 않아 유주영준하니, 이러므로 극한 보배라 은자 일천 냥을 받고자 하나 오히려 헐하다 하노라.」

「내게 累萬金이 있으나 이런 보배는 처음 보는 바이라. 원컨대 형은 내 집에 가 수일만 머무르면 일천금을 주리라.」

우치 족자를 거두어 가지고 오생의 집으로 가니, 사람들은 대취하여 각각 흩어지니라.

우치 족자를 오생에게 전하고 말하기를,

「내 명일 돌아올 것이니 값을 준비하여 두라.」

하고 가 버렸다.

오생이 술에 대취하여 족자를 가지고 내당에 들어가 다시 시험하려 하고 족자를 벽상에 걸고 보니 선랑이 병을 들고 섰거늘, 생이 가만히 선랑을 불러 술을 청하니 선랑과 동자 나와 술을 더 권하거늘, 생이 그 고운 태도를 보고 사랑하여 이에 옥수를 이끌어 무릎 위에 앉히고 술을 받아 마신 후 춘정을 이기지 못하여 침석에 나아가고자 하더니, 문득 문을 열고 급히 들어오는 여자가 있었다. 이는 생의 처 閔氏라.

위인이 투기에는 선봉이요 싸움에는 대장이라 생이 어거치 못하더니 금일 생이 선랑을 안고 있음을 보고 대로하여 급히 달려들으니, 선랑이 일어나 족자로 들어가거늘 민씨 더욱 대로하여 따라들어 족자를 갈갈이 찢어 버

리니 생이 대경하여 민씨를 꾸짖을 즈음에 우치가 와서
부르거늘, 오생이 나와 맞아 예필 후 전후수말을 자세히
고하니, 우치 즉시 몸을 흔들어 거짓몸은 오생과 수작하
고, 정몸은 곳 안으로 들어가 민씨를 향하여 眞言을 염하
니 문득 민씨 변하여 大蟒이 되어 방이 가득하게 하고 가
만히 나와 거짓몸을 거두고 정몸을 顯出하여 오생에게,
　「이제 형의 부인이 나의 족자 없앴으니 값을 어찌하려
　하느뇨.」
하매 오생은,
　「이는 나의 죄라. 어찌 값을 아니 내리오. 마땅히 환을
　하여 주시면 즉시 갚으리이다.」
　우치는,
　「그러나 그대 집에 큰 변괴 있으니 들어가 보라.」
　오생이 경아하여 안방에 들어와 보니 문득 금빛 같은
대망이 두 눈을 움직이며 상 밑에 엎디었거늘, 생이 대
경실색하여 급히 내달으며 우치를 보고 이르기를,
　「방중에 흉악한 짐승이 있음에 쳐죽이려 하노라.」
　「그 요괴를 죽이지는 못하리라. 만일 죽이면 큰 화를
　당할 것이니, 내게 한 부적이 있으니 그 부적을 허리
　에 붙이면 금야에 자연 사라지리라.」
하고, 소매 속의 부적을 내어 가지고 안방에 들어가 대
망의 허리에 붙이고 나와서 오생에게,
　「이곳에 經文 외우는 자 있느뇨.」
　생이 말하기를,
　「이곳에는 없나이다.」
　「그러면 방문을 열고 보지 말라.」
　당부하고, 즉시 거짓 민씨 하나를 만들어 내당에 두고

돌아가니라.

　생이 우치를 보내고 내당에 들어오니 민씨 금침에 싸여 누웠거늘,

　　「우리 집의 천년 여러 묵은 요괴가 그대 얼굴이 되어 외당에 나와 신선의 족자를 찢어 버리므로 아까 그 신선이 대망이 스스로 녹을 부작을 허리에 매고 갔으니 족자 값을 어찌하리오.」

하고 근심하더라.

　이튿날 우치가 돌아와서 방문을 열고 보니 민씨는 그대로 대망으로 있거늘, 우치는 대망을 꾸짖기를,

　　「네 가군을 없수이 여겨 요악을 힘써 남의 족자를 찢고 또 나를 羞辱한 죄로 金絲網을 씌워 여러 해 고초를 겪게 하잤더니, 이제 만일 前過를 고쳐 悔過遷善 할진대 이 허물을 벗기려니와 불연즉 그저 안 두리라.」

하니, 민씨는 고두사죄하거늘 우치 진언을 염하니 금사망이 절로 벗어지거늘 민씨는 절을 하며,

　　「선관의 가르치심을 들어 회과하오리이다.」

　우치 내당에 있는 민씨를 거두고 구름에 올라 돌아오니라.

　하루는 梁奉煥이란 선비가 있어 어려서 한가지로 글을 배웠더니, 우치 찾아가니 병들어 누웠거늘, 우치 驚問하거늘,

　　「그대 병이 이렇듯 중요한데 어찌 늦게야 알았느뇨.」

　양생은,

　　「때로는 심통이 아프고 정신이 혼미하여 食飮을 全廢한 지 이미 오래니 살지 못할까 하노라.」

「이 병세 사람을 생각하여 났도다.」

「과연 그러하니라.」

「어떤 佳人을 생각하느뇨. 나는 연장 사십에 여색에 뜻이 없노라.」

「南門안 玄洞 사는 鄭氏라 하는 여자 있으니, 일찍 과거하여 다만 媤母를 뫼셔 사는데 인물이 절색이라. 마침 그 집 문 사이로 보고 돌아온 후 相思하여 병이 되매 아직도 살아나지 못할까 하노라.」

「말 잘하는 媒婆를 보내어 通婚하라.」

「그 여자 절개 松竹 같으니, 마침내 성사치 못하고 속절없이 은자 수백 냥만 허비하였노라.」

「내 兄丈을 위하여 그 여자를 데려오리라.」

「형의 재주 유여하나 부질없는 헛수고만 하리로다.」

「그 여자 春光이 얼마나 되느뇨.」

「이십삼세로다.」

「형은 방심하고 나의 돌아오기만 기다리라.」

하고, 구름을 타고 나아가 버렸다.

차설, 정씨 일찍 과거하고 홀로 세월을 보내며 슬픈 심회를 생각하고 죽고자 하나 임의치 못하고, 위로 노모를 모시고 다른 동기 없어 모녀 서로 의지하여 세월을 보내었다. 하루는 정씨 심신이 산란하여 방중에 배회하더니 구름 속으로 一位 仙官이 내려와 娘姓을 불러 왈,

「주인 정씨는 빨리 나와 南斗星의 명을 받으라.」

정씨 이 말을 듣고 모친께 고하니, 부인이 또한 놀라 뜰에 내려 복지하고 정씨 역시 복지한대, 선관이 말하기를,

「선랑은 천명을 順受하여 天上瑤池 蟠桃宴에 참여하라.」

정씨는 이 말에 크게 놀래어,

「첩은 인간 더러운 몸이요, 또한 죄인이라 어찌 천상에 올라가 옥제 좌하에 참예하리까.」

선관은,

「최선랑은 인간의 더러운 물을 먹어 천상의 일을 잊었도다.」

하고, 소매에서 葫蘆를 내어 香醞을 가득 부어 동자로 하여금 권하니, 정씨 받아 마시매 정신이 혼미하여 인사를 모르거늘, 선관이 정씨를 한 번 가르침에 문득 彩雲으로 오르는지라.

이때 降臨道令이 모든 거지를 데리고 저자거리로 다니며 양식을 빌더니, 홀연 채운이 동남으로 지내며 향취 웅비하거늘 강림이 치밀어 보고 한 번 구름을 가리키니 雲門이 열리며 일위 미인이 땅에 떨어지거늘, 우치 대경하여 급히 좌우를 살펴보니 아무도 法術을 행하는 자 없거늘 우치 괴이히 여겨 다시 行術하려 하더니, 문득 한 거지 내달아 꾸짖어 왈,

「필부 전 우치는 들어라. 네 요술로 나라를 속이니 그 죄 크되 다만 착한 일 하는 방편을 행하므로 무사함을 얻었거니와, 이제 흉악한 심장으로 節婦를 毁節코자 하니 어찌 明天이 버려 두시리오. 이러므로 하늘이 나를 내리사 너 같은 요물을 없애게 하심이니라.」

우치 대로하여 보검을 빼어 치려 하더니 그 칼이 변하여 큰 범이 되어 도리어 저를 해하려 하거늘 우치 몸을 피코자 하더니, 문득 발이 땅에 붙어 움직이지 못할지라. 급히 變身코자 하나 법술이 행치 못하거늘 대경하여 그 아이를 보니, 비록 의복은 남루하나 도법이 높은 줄 알

218

고 몸을 굴하여 빌어 왈,

「소생이 눈이 있으나 망울이 없어 선생을 몰라본 죄 萬事無惜이오나 高堂에 노모 계시되 권세 잡고 감열 있는 자 너무 백성을 못 살게 굴기로 부득이 나라를 속임이요 또 정씨를 훼절하려 함이니, 원컨대 선생은 죄를 사하시고 전술을 가르쳐 주소서.」

강림 왈,

「그대 이르지 아니해도 내 벌써 아나니 국운이 불행하여 그대 같은 요술이 세상에 작난하니 소당은 그대를 죽여 後弊를 없이하겠으나 그대의 노모를 위하여 특별히 일명을 살리노니, 이제 정씨를 데려다가 빨리 제 집에 두고 병든 양가에게는 정씨 대신으로 할 사람이 있으니, 이는 조실부모 孑孑無依하나 마음이 어질고 성품이 유순할 뿐더러 또한 성이 정씨요, 연기 이십삼 세라. 만일 내 말을 어기면 그대의 몸이 대화를 면치 못하리라.」

우치 사례하여 가로되,
「선생의 高姓大名을 알고자 하노라.」

기인이 답하되,

「나는 강림도령이라. 세상을 희롱코자 하여 거리로 빌어 먹고 다니노라.」

우치 가로되,

「선생의 가르치심을 삼가 봉행하리이다.」

강림이 요술 내던 법을 풀어내니, 우치 백배 사례하고 정씨를 구름에 싸가지고 본집에 가 공중에서 그 시모를 불러 왈,

「아까 玉京에 올라가니 옥제 가라사대 「정선랑의 죄 아

직 남았으니 도로 인간에 내보내어 餘厄을 다 겪은 후 데려오라」하시매 도로 데려왔노라.」

하고, 소매에서 향온을 내어 정씨의 입에다 넣으니, 이윽고 깨어 정신 차리거늘, 시모 정씨에게 선관의 하던 말을 이르고 신기히 여기더라.

차시 우치 강림도령에게 돌아와 그 여자 있는 곳을 물으니 강림이 囊中으로 換形丹을 내어 주며 그 집을 가리키거늘 우치 하직하고 정씨를 찾아가니 그 집이 一間草屋이요, 風雨를 가리지 못하더라.

이에 들어가 보니 한 여자 시름을 띠고 홀로 앉았거늘 우치 나아가 달래 말하기를,

「낭자의 고단하신 말씀은 내 이미 알았거니와 이제 청춘이 三七을 지낸 지 오래되 娶婚치 못하고 외로운 형상이 가긍한지라 내 낭자를 위하여 중매하리라.」

하고, 환영단을 먹인 후 진언을 염하니 정과부의 모양과 一毫差錯 없이 되는지라 우치 왈,

「양생이란 사람이 있는데 인물이 가장 아름답고 가산도 부유하나 정과부의 재색을 사모하여 병이 들었으니 낭자 한번 가 이리이리하라.」

하고, 즉시 보를 씌워 구름 타고 양생의 집에 이르니, 우치 거짓 정씨를 외당에 두고 내당에 들어가 양생을 보니 생이 물어 가로되,

「정씨의 일이 어찌된고.」

우치 왈,

「정씨의 행실이 빙설 같기로 일인을 못 하고 왔노라.」

생이 말하되,

「이제 속절없이 죽을 따름이로다.」

하고 탄식함을 마지 아니하니, 우치 각가지로 조롱하여 왈,

「내 이제 가서 정씨보담 백배 나은 여자를 데려왔으니 보라.」

한대 양생 왈,

「내 미인을 많이 보았으되 정씨 같은 상은 없나니 형은 농담 말라.」

우치 왈,

「내 어찌 희롱하리오. 지금 외당에 있으니 보라.」

양생이 겨우 몸을 일어 외당에 나와 보니 적실한 정씨어늘 반가움을 측량치 못한데 우치 왈,

「내 盡心竭力하여 낭자를 데려왔으니 가사를 善治하고 잘살라.」

하니, 양생이 백배 사례하더라. 우치 양생과 이별하고 돌아가더라.

先時에 耶溪山중에 道士 있으니 도학이 높고 마음이 淸淨하여 세상 명리를 구치 아니하며, 다만 薄田 다섯 이랑과 花園 십간으로 세월을 보내니 이곳 地上仙이라. 姓號는 徐花潭이니 나이 오십오세에 얼굴이 蓮花 같고 兩眼은 秋水 같고 정색은 突兀하더라.

우치 서화담의 도학이 높음을 알고 찾아가니 화담이 맞아 가로되,

「내 한번 찾고자 하더니 陋舍에 왕림하시니 만행이로다.」

우치 일러 칭사하고 한담하더니 문득 보니 일위 선생이 들어와 가로되,

「좌상에 존객이 뉘시뇨.」

화담 왈,

「田公이라.」

하고 우치더러 말하기를,

「이는 내 아우 龍潭이로다.」

우치 용담을 보니 이목이 청수하고 골격이 비상한지라 용담이 우치더러 말하되,

「선생의 높은 술법을 들은 지 오래더니, 오늘날 만나 보니 행이어니와 청컨대 술법을 한번 구경코자 하노니 아끼지 말라.」

하고 구구히 간청하거늘, 우치 한번 시험코자 하여 진언을 염하니 용담의 쓴 관이 변하여 쇠머리 되거늘 용담이 노하여 또 진언을 염하니 우치의 쓴 관이 변하여 범의 머리 되는지라. 우치 또 진언을 염하니 용담의 관이 변하여 백룡 되어 공중에 올라 안개를 피우거늘, 용담이 또 진언을 염하니 우치의 관이 변하여 청룡이 되어 구름을 헤치고 안개를 발하여 쌍룡이 서로 싸워 청룡이 백룡을 이기지 못하고 동남으로 달아나거늘, 화담이 비로소 웃고,

「전공이 내 집에 오셨다가 이렇듯 하니 네 어찌 무례치 않으리오.」

하고, 책상에 얹힌 연적을 한번 공중에 던지니, 연적이 변하여 一道金光이 되어 하늘에 퍼지니 양룡이 문득 본 관이 되어 땅에 떨어지는지라. 양인이 각각 거두어 쓰고 우치 화담을 향하여 사례하고 인하여 구름 타고 돌아오니라.

화담이 우치를 보내고 용담을 꾸짖어 말하되,

「너는 청룡을 내고 저는 백룡을 내니 青은 木이요, 白은 金이니, 五行에 金克木이라. 목이 어찌 금을 이기

리오. 또 내 집에 온 손이라. 부질없이 해코자 하느
뇨.」

용담이 다만 칭사하고 가장 노하여 우치를 미워하는 뜻
이 있더라.

우치 집에 돌아온 지 삼일 만에 또 화담을 찾아가니 화
담이 가로되,

「그대에게 청할 말이 있으니 좇을소냐.」

우치가,

「듣기를 원하나이다.」

하자, 화담은 가로되,

「南海 중에 큰 산이 있으니 이름은 華山이요, 그 산중
에 道人이 있으되 道號는 雲水先生이라. 내 젊어서 글
을 배웠더니, 그 선생이 여러 번 서신으로 물었으나
回書를 못 하였더니, 전공을 마침 만났으니 그대 한번
다녀옴이 어떠하뇨.」

우치 허락하거늘, 화담 왈,

「화산은 해중에 있는 산이라, 수이 다녀오지 못할까
하노라.」

우치 가로되,

「소생이 비록 재주 없사오나 순식간에 다녀오리이다.」

화담이 믿지 아니하거늘, 우치 미심에 없수이 여기는가
하여 노하여,

「생이 만일 못 다녀오면 이곳에서 죽고 살아나지 않
으리라.」

화담이 말하되,

「연즉 가려니와 행여 실수할까 하노라.」

하며 즉시 글을 닦아 주거늘, 우치 즉시 받아 가지고 海

東靑 보라매 되어 공중에 올라 화산으로 가더니, 해중에
이르러는 난데없는 그물이 앞을 가리었거늘, 우치 높이
떠 넘고자 하니 그물이 따라 높이 막았는지라. 또 넘으
려 하되 그물이 하늘에 닿았고, 아래로 해중을 연하여 좌
우로 하늘을 펴 있으니 갈 길이 없어 십여 일 애쓰다가 할
수 없어 돌아와 화담을 보고 웃으며,

　「화산을 거의 다 가서 그물이 하늘에 연하여 갈 길이 없
　삽기로 모기 되어 그물 틈으로 나가려 한즉 거미줄이
　첩첩하여 나가지 못하고 왔나이다.」

하자 화담이 웃어 말하기를,

　「그리 큰 말을 하고 가더니 다녀오지 못하였으니 이
　제는 山門을 나가지 못하리로다.」

　우치 황겁하여 닫고자 하더니, 화담이 벌써 알고 속이
려 하는지라 우치 착급하여 해동청이 되어 달아나니, 화
담이 수리 되어 따를새 우치 또 변하여 갈범이 되어 닫더
니, 화담이 변하여 靑獅子 되어 물어 엎지르고 가로되,

　「네 여러 가지 술법을 가지고 반드시 옳은 일을 위하
　여 행하니 기특하나 邪慝함은 마침내 정대함이 아니
　요. 재조는 반드시 웃길이 있나니 오래 일로써 세상에
　다니면 필경 叵測한 화를 입을지라. 일즉 光明한 세상
　에 돌아와 정대한 도리를 강구함이 옳지 아니하뇨. 내
　이제 太白山에 大倧神理를 밝히려 하오니 그대 또한 나
　를 쫓음이 좋을까 하노라.」

　우치 말하되,

　「가르치시는 대로 하리이다.」

　화담이 인하여 각각 집에 돌아와 약간 가사를 분별한
후, 우치 화담을 모시고 태백산 배달 밑에 청사를 얽고

壬儉으로부터 오는 큰 이치를 강구하여 보배로운 글을 많이 지어 石室에 감추니, 그 후일 세상 사람이 아지 못하나 일찍 강원도 사는 양 봉래라 하는 사람이 檀君聖跡을 뵈오려 하여 태백산에 들어갔다가 화담과 우치 두 분을 보고 돌아올새 두 분이 이르되,

　「우리는 이리이리하여 이곳에 들어와 있거니와 그대를 보니 잠시 言行이 有心閑散한 줄 알지라. 내 전할 것이 있노니 삼가 받들라.」

하고 祕書 몇 권을 주니 봉래 받아 가지고 나와 정성으로 공부하여 그 오묘한 뜻을 통하고, 가만한 가운데 道統을 전하니, 한두 가지 드러나는 일이 있으나 세상에 다만 神仙의 도로 알고 봉래 또한 밝은 빛이 드러날 때를 기다릴 뿐이요, 화담과 우치 두 분이 태백 산중에서도 닦으시는 일만 세상에 전하니라.

〈활판본〉

● 編著者 略歷

金起東 : 東國大學校卒. 文學博士
　　　　前 東國大學校 教授
　　　　主著「韓國古典小說研究」

全圭泰 : 延世大學校卒. 文學博士
　　　　現 全州大學校 教授
　　　　主著「高麗歌謠의 研究」

김희경전 · 전우치전
한국고전문학 100 ②

1994년 8월 10일 인쇄
1994년 8월 20일 발행

편저자　김 기 동
　　　　전 규 태
발행인　최 석 로
발행처　서 문 당

서울시특별시 마포구 서교동 459-11
등록일자　1973. 10. 10.
등록번호　제7-69호
전　화　(322) 4916~8